［日］谷崎润一郎 著

六花 译

盲目物语

中国出版集团
现代出版社

图书在版编目（CIP）数据

盲目物语 /（日）谷崎润一郎著；六花译. —北京：
现代出版社，2020.9
ISBN 978-7-5143-8653-0

Ⅰ. ①盲… Ⅱ. ①谷…②六… Ⅲ. ①长篇小说—小说集—日本—现代
②短篇小说—日本—现代 Ⅳ. ①I313.45
中国版本图书馆CIP数据核字（2020）第097400号

盲目物语

作　　者：（日）谷崎润一郎
责任编辑：曾雪梅　朱文婷
出版发行：现代出版社
通信地址：北京市安定门外安华里504号
邮政编码：100011
电　　话：010-64267325　64245264（兼传真）
网　　址：www.1980xd.com
电子邮箱：xiandai@cnpitc.com.cn
印　　刷：三河市中晟雅豪印务有限公司

开　　本：880mm×1230mm　1/32
印　　张：6
字　　数：109千字
版　　次：2020年9月第1版
印　　次：2020年9月第1次印刷
书　　号：ISBN 978-7-5143-8653-0
定　　价：49.80元

目录

刺
青

那是一个世人还拥有名为"愚蠢"之珍贵品德的年代，那时的人们还不像现在这般乐于彼此竞争得你死我活。那是一个人人悠闲自得的年代，名门贵族家的老爷少爷们无忧无虑的脸上不曾写过"愁"字，做女仆和花魁的女人们总找得到让自己快活的笑料，能说会道的司茶者正是体面流行的职业。无论是在戏剧舞台上，还是通俗小说里，女定九郎、女自雷也、女鸣神①等形象广受欢迎。在那个年代，一切美的存在皆为强者，丑陋的只能沦为弱者。世人都在不断努力追求变得更美，就在这一过程中，将颜料注入人体的刺青诞生了。就此，或热烈或绚烂的线条与色彩，开始在人们的肌肤上摇曳生姿。

去马道的客人们，常会选乘身上绘了漂亮刺青的轿夫的轿子。吉原、辰巳的妓女们，也多为身披精美刺青的男人所吸

① 女定九郎、女自雷也、女鸣神，均指由女性扮演的歌舞伎中的角色。

引。不只是赌徒、消防员，在商人、手艺人和少数武士中都流行起了刺青。在两国地区时常开办的刺青大会上，参与者们裸露拍打着各自的肌肤，彼此夸耀、评价那些别出心裁的刺青图案。

在众多刺青师中，有一位叫作清吉的年轻师傅技艺过人。据说，他的刺青水平与浅草的茶利文、松岛町的奴平，还有恳恳次郎等名人都不相伯仲。在他的画笔下，数十人的肌肤都变成了任他挥洒的白绫画布。在刺青大会上赢得好评的诸多作品，便都是出自清吉之手。刺青师达摩金以晕色刺见长，唐草权太则因出众的朱刺技艺被广为称赞，而清吉则因超乎寻常的构图和妖艳绝美的线条而得名。

清吉曾是一位仰慕丰国、国贞的浮世绘画师，即使后来沦为刺青师，他也不曾丢弃身为画家的良心与敏锐，但凡没有让他钟情的肌肤和骨骼的客人，都不可能拥有他的刺青作品。就算清吉偶尔愿意动笔，刺青的构图和费用也全要由他说了算，不只如此，还要忍受一两个月锥心的针尖刺痛。

在这位年轻的刺青师心中，藏着一份不为人知的快乐和夙愿。在刺青时，他看着针尖刺入肌肤，继而充血肿胀，那种疼痛着实让人不堪忍受，就连多数男性客人都要发出痛苦的呻吟，但这种呻吟声越是激烈，清吉就越能感受到一种不可思议、妙不可言的快感。如果在刺青时能用上更加叫人痛不堪忍的朱刺、晕色刺手法，他的内心便越发欣喜。做刺青时，平均一天要被刺上五六百针，而且为了更好的上色效果，必须再去热水里泡过身子才行，那些刚刚出浴的人常常是拖着半死不活的身体躺在清吉脚下，一时想动都疼得动弹不得。每当这时，清吉便将他那冰冷的目光刺到略显凄惨的客人身上，满心愉快地笑着说道：

"你一定很疼吧？"

若是遇到缺乏毅力的男客人，清吉看着他们露出宛如临死般嘴角歪斜、咬紧牙齿又不断发出悲鸣的痛苦神情，便会对他们说："你好歹是个江户男儿，再忍忍吧！我的针可不是一般的疼。"横一眼自己眼前被泪水浸湿脸庞的男人，清吉会继续若无其事地一针针扎下去。如果遇到格外能忍耐的客人，在他面前连眉也不皱一下，他便对人家说："嗯，你还真是不可貌相，够能忍的。不过你可准备好，马上就有你疼的，我这一针绝对让你受不了。"话音一落，他已笑得露出雪白的牙齿。

清吉多年来的夙愿，便是能遇到一副光泽若雪的美人肌肤，好让他将自己的灵魂全部刺入其中。关于这位美人的资质与容貌，他还有许多苛刻的要求，若只是寻常的娇媚容颜和肌肤，还无法令他真正满足。虽然寻遍了江户城的大小花街，探访了各色名声在外的美人，却没有一个女人的风韵和身体能满足他的理想。清吉只得在心里描绘着这位未能谋面的美人的倩影。这种虚幻的憧憬就这么持续了三四年之久，始终是他心里放不下的愿望。

就在第四年夏天的某个黄昏，清吉路过深川一家叫作平清的饭馆门前时，不经意间瞥见，停在饭馆门前的轿子门帘后露出一双雪白的女人的脚。在目光敏锐的清吉看来，人的一双脚跟脸一样，能呈现出复杂多样的表情。那双女人的脚，此刻在清吉眼中，便成了至为珍贵的肉体中的宝石。她那从大脚趾到小趾间五趾纤细的排列姿态，宛如在绘之岛海边捡拾的淡红贝壳般的指甲色泽，还有珍珠般圆润的脚后跟，那双脚的肌肤是那么光泽耀眼，直叫人怀疑它是在一刻不停地被岩石缝间涌出的清冽溪水浸洗着一般。正是这样的一双脚，将会被无数男人的热血滋养，并践踏过他们的身躯。也唯有拥有这样一双脚的女人，才是清吉寻寻觅觅了这许多年才终于找到的女人中的女人。清吉抑制住心中的激动，匆匆追到轿子后边，想亲眼看看那女人的容貌，然而追出两三百米后，却连轿子的影子也再难得见。

在这一年的年末，清吉对那女人的憧憬之心已转变为热烈的爱意。直到第五年，春天过了大半的某个早晨，这天清吉待在深川佐贺町的寓所中，正衔着牙签，百无聊赖地注视着斑竹外廊上的一盆万年青，忽地听到有人自后栅栏门进了院子，而自篱笆墙后边走来的是一位他从未谋面的少女。

原来她是清吉熟识的艺伎辰巳差遣来的人。

"姐姐让我把这件羽织①给您送来，说想请师傅在衬里给添些花样……"

说着，眼前的少女解开姜黄色的包袱皮，又从绘有岩井杜若的美人画像的包装纸里取出一件女式的羽织和一封信，递到清吉面前。

信中仔细地嘱咐了羽织的事，又在最后说到她差来的这个少女最近就要以她妹妹的身份开始正式陪酒侍客，希望清吉既能不忘旧情，又能多多关照这个小姑娘。

"我看你面生，近来你可来过这儿？"

清吉如是问道，细细端详起眼前的少女。她看起来虽是十六七岁的模样，但那张脸却不可思议地像极了长年生活在花街柳巷中，已叫几十个男人为她神魂颠倒的风情万种的成熟女人。她的那张脸是在这汇聚了全国的罪恶与财富的京城之中，自数十年前开始生生不息的无数美丽男女的美梦中才得以诞生的倾城姿色。

"去年六月，你乘轿子从平清回来过吗？"

清吉边问边把这位小姑娘引到外廊，让她坐到铺了备后出产的榻榻米席面的台子上，好仔细看看她那一双精致的脚。

---

① 一种长及膝部的日本和服外套，穿在小袖之上，起防寒、礼装的作用。

"嗯，那个时候我父亲还在世，我常到平清去。"

面对清吉奇怪的问询，少女笑着回答。

"五年了，整整五年我一直在等你出现。虽然今天是第一次见到你的模样，但我记得你的脚。我有些东西想让你看，跟我上楼来，再多待一会儿吧！"

清吉牵起本打算告辞的少女的手，带她上了能看到宽广河面的二层的房间之后，取出两卷画轴，先将其中一卷在少女面前铺展开来。

这是一幅中国古代暴君纣王宠妃妹喜的画。[①]画中妹喜头戴镶嵌了琉璃珊瑚的金冠，因那娇弱的身子不堪其重，便慵懒地倚在栏杆上，绫罗裙摆落到台阶的一半，她右手倾杯畅饮，双眼正注视着庭院前即将被处刑的男人。只见那男人的四肢都被铁锁缚在铜柱上，此刻低垂下头，双眼紧闭，等着迎接自己命运的最后时刻。这幅画中，无论是宠妃眉眼之间的万千风情，还是男人临死前的悲惨面色，都被描绘得精巧传神。

少女一时将这幅奇怪的画看得入了迷，不知不觉竟眼光闪烁，朱唇轻颤。更为奇怪的是，她那张脸竟渐渐变得与画中宠妃的脸相像起来，直到她从那画中看出了隐藏其中的真实"自我"。

---

① 作者原文如此。事实上，夏桀的宠妃为妹喜，纣王的宠妃是妲己。作者应是误记。——编者注

"这幅画能映出你的心。"

清吉说着，面容带笑痴痴地看着眼前的少女。

少女抬起变得苍白的额头，回他道："您为什么要给我看这样可怕的画？"

"这画中的女人就是你啊，她的血就流在你的身体里。"

清吉又轻展开另一幅画卷。

这幅画题为"肥料"。画面正中，一个年轻女人正将身子斜倚在樱树树干上，而她的脚下横着无数男人的尸骸。女人身边还有一群高唱凯歌、来回翻飞的小鸟，而女人的眼睛里正流露出一种难以抑制的骄傲而愉悦的光彩。这画里描绘的究竟是战后的遗迹，还是花园的春色，都取决于凝视着它的少女将从自己的心底寻觅出怎样的心情。

"这画上呈现的正是你的未来。这些死去的男人，都是从今往后愿为你舍弃性命的人。"

清吉指着面前少女的脸和画中与她分毫不差的女人的脸，对她说。

"那都是来生的事，我求您快把这画收起来吧！"

像是要挣开那画面对自己的诱惑，少女背转过身，忽地伏到地上，双唇复又颤抖起来。

"师傅，我向您坦白。您看得没错，我的天性就跟那画中的女人一样。所以请您宽恕我吧，快把那画拿走吧！"

"别说那种懦弱的话，快来好好看看这幅画。你会怕那画中光景，也不过是今天的事。"

　　说着清吉脸上又一如刚才泛出邪恶的笑。

　　可惜少女迟迟不肯再抬起头，她轻举衬衣袖管遮着脸，始终伏在地面，只是一遍遍地说着：

　　"师傅，您就让我走吧。待在您身边，实在让我害怕。"

　　"你再等等，今天我就要让你变成拥有绝世姿色的女人。"

　　清吉不顾少女的请求，若无其事地靠向她的身侧。此时他怀里正藏着一瓶过去从荷兰医生那儿得来的麻醉剂。

　　明媚的阳光笼罩在河面之上，八叠①大的房间地面被照得发亮，恍若正在燃烧。自水面反射而来的光线，恰好落在睡熟的少女脸上和拉门的纸窗上，金色的光纹如水波般来回摆动。房间里拉门紧闭，只见清吉正手握刺青工具，像正陶醉于什么中似的呆呆坐在原地。直到此刻，他才真正开始细细品味起眼前少女的绝妙容姿。凝视着眼前那一动不动的脸，清吉觉得就算跟她两人在这一室之中静静对坐十年、百年，他都绝不会看她到厌倦。恰如古代孟菲斯人用金字塔和狮身人面像去装点庄严的埃及一般，清吉愿将自己的爱意化作刺青色彩，去装点少女洁净的肌肤。

---

①　日本房间面积的计量单位，一叠即一块榻榻米面积，约为 1.62 平方米。

终于，他将捏在左手小拇指、无名指与大拇指间的画笔笔尖横上少女的背，右手悬于其上，开始挥针刺青。这位年轻的刺青师将自己的心与灵融进笔尖的墨里，任其渗入少女的肌肤。混合了烧酒的琉球朱墨滴滴落下，每一滴都是清吉生命的浓缩，他从中窥见了自己灵魂的色彩。

不知不觉时过正午，和煦的春日渐渐化作夕阳，清吉的手却一刻也未曾停过，少女亦始终未从睡梦中醒来。其间有拎箱的跟班挂念迟迟未归的姑娘，前来打探她的消息。"那位姑娘早就匆匆回去了。"清吉用谎话将来人打发走了。

月亮轻悬在河对岸的土州宅院上空，直到宛如梦境般的月光流淌进沿岸的每户人家时，刺青还只完成了小半。清吉专心地拨动着灯芯，好让蜡烛的光看起来更亮。

对清吉而言，为刺青注入一点一滴的颜色都绝非轻松的工作。指尖上的针每每在少女的肌肤上刺入又拔出，他都要配合一次深深的呼吸，仿佛那针尖一针针地是刺在了他的心尖上。眼看刺针的痕迹渐渐连缀成一只巨大的络新妇蜘蛛，再到窗外的夜色开始发白时，这只充满不可思议魔力的动物，正伸展出八只脚，盘绕在少女的整个后背之上。

在河面起起伏伏的橹声中，春夜睡去，天色大亮，在顺流而下晨风鼓动的白帆顶上，薄薄的霞光正映染天边，当中洲、箱崎、灵岸岛上住家的屋瓦被照得发亮时，清吉终于放下了手中的画笔，审视起少女背上刚刚刺好的蜘蛛。眼前这幅蜘蛛刺青，便是他生命的全部，而完成它的瞬间，清吉的心也跟着空空如也。

许久，房间中的这两人都一动不动。直到一阵低沉沙哑的声音，颤抖地在房间的四壁之间回响。

"为了让你变成一个真正美丽绝伦的女人，我把自己的灵魂全刺进了这幅刺青里。从今天开始，全日本都找不出在你之上的女人。你从前的怯懦将不复存在，从此，世间的男人都将变成滋养你的肥料……"

像是领会了清吉的一番话，游丝似的呻吟声隐约从少女的双唇间飘荡而出。随着知觉的一点点恢复，她的每一次喘息都显得沉重费力，而在那一呼一吸间，她背上硕大蜘蛛的脚也像活了一般，蠕动个不停。

"感觉很痛苦吧，因为你的身子正被蜘蛛紧紧抱着。"

少女听到这话，稍稍抬起些眼皮，只见她那一双眼眸如同傍晚时分渐渐亮起的月光，一点点地照到了清吉的脸上。

"师傅，快让我看看背后的刺青。您把命全刺到了我身上，想必我此刻看起来很美吧！"

少女的话语如梦般缥缈，但其中又仿佛藏着些尖锐的力量。

"啊，你先去浴室吧，接下来还要上色。疼是免不了的，你再忍忍吧！"

清吉凑到少女耳畔，颇为怜惜地低语道。

"只要能变美，再疼我都忍得住。"

少女强忍着身上的疼痛，努力地在脸上挂上了笑。

"啊，热水渗进了刺青里，可真疼啊。师傅，我就要转生了，您先别管我，请上二楼等着吧，我实在受不了让男人看到自己这副悲惨的样子。"

刚刚出浴的少女顾不得擦拭身上的水，推开正要来扶她的清吉的手，剧烈的疼痛让她倒在了浴室的地板上，像被噩梦魇住似的呻吟声不断响起，发狂般凌乱的发丝散到她面前。少女的身后立着的梳妆台镜面上，只见她一双雪白的脚掌映在其上。

看着与昨日态度大不相同的少女，清吉虽是吃惊异常，却照了她的意思独自上二楼等候，大约过了半个小时，双肩披着湿发的女人，带着满脸精致的妆容进了房间。她脸上已没了方才的痛苦神情，一对秀眉舒展在额前，倚到栏杆上，仰面望起了云雾朦胧的宽阔天空。

"这幅画同那刺青一并送给你。拿着它，你现在可以回去了。"

清吉说着便把那卷画轴递到了女人面前。

"师傅，从前那颗怯懦的心已被我彻底扔了。你就第一个来当我的肥料吧！"

女人的目光如剑，冷冽闪耀，耳边也响起了凯歌。

清吉说："你走之前，让我再看一次你的刺青。"

女人沉默低首，褪去衣裳，露出后背。正在此时，朝阳照拂到刺青之上，女人的后背闪烁起灿烂的光芒。

吉野葛

第一章 自天王

回想我上一次去大和①的吉野山游玩，已是约二十年前的事，那时正值明治末年，抑或大正刚开始吧，交通远没有现在这样便利，如今那一带被叫作"大峰山"，至于我当时为何会去那种深山老林，个中缘由说来话长。

想必有不少读者都知道，那片区域的十津川、北山、川上一带，从古至今都流传着被当地居民唤作"南朝殿下"或"自天王殿下"的南朝天皇后裔的传说。这位自天王，即后龟山天皇的玄孙——北山宫②殿下，历史上确有其人，这点已得到相关历史学家的认可，绝非只是缥缈的传说。简言之，在一般中小学生的历史教科书中，南朝元中九年，北朝明德三年，经当时幕府征夷大将军足利义满的努力，南北朝统一的和谈终于达成，也就是说自后醍醐天皇开创的延元元年算起，历经五十余

---

① 现在日本奈良县的古称。
② 宫是对日本皇族的称谓，也是对日本亲王及亲王家的敬称。

年的吉野朝廷至此迎来终局。

但在后来的嘉吉三年九月二十三日这一天的夜半时分，效力于大觉寺统[①]亲王万寿寺宫的楠二郎正秀，对土御门皇宫发起突袭，将象征皇权的三种神器全部盗走，然后进睿山之中固守。当时，因遭受猛烈追击，万寿寺宫自戕而死，三神器中的剑与镜也被收回，只有神玺留在南朝后裔手中。楠氏与越智氏的族人们随即拥立万寿寺宫的两个儿子为王，又建立起正义军，从伊势到纪井再到大和，逐渐逃往北朝军队触不可及的吉野山区深处的偏僻地带，尊亲王的长子为自天王，次子为征夷大将军，改年号为天靖，在敌军找不到的峡谷之间，掌握神玺长达六十余年。

然而，两位皇子终被赤松家的遗臣所骗，遭到北朝讨伐，最终于长禄元年十二月，大觉寺统一支的皇族被彻底断绝。若以这一时间点作为终点进行合计，从延元元年到元中九年的五十七年，再加上从元中九年到长禄元年为止的六十五年，事实上在长达一百二十二年间，南朝在与京都皇族对抗的同时，一直在吉野延续着自己的历史。

对吉野地区的住民而言，他们自遥远的先祖开始就是南朝的追随者，也将忠于南朝的传统继承至今。每每提及关于南

---

① 日本南北朝时代，南朝的皇室系统为大觉寺统，北朝则为持明院统，二者呈对立关系。南朝灭亡后，大觉寺统皇族断绝，后世的天皇均为持明院统天皇。

朝的历史，他们都会计算到自天王为止，"不止五十多年，而是有一百年以上的历史"。吉野住民至今不变的这种强烈认知，其实也并无不妥。我在少年时期就很爱读《太平记》[①]，因此对南朝的秘史也始终抱有兴趣，而且从很久之前开始，我就打算写一部以自天王的事迹为中心的历史小说。

一本收集了川上当地传说的书上有载，南朝的遗臣们曾因惧怕北朝的袭击，自大台原山山麓地带的入之波，迁居至伊势境内人迹罕至的大杉谷深山地区中一处叫三公谷的峡谷，并在那里建造了宫殿，又将神玺藏进了某个山洞中。此外，根据《上月记》《赤松记》所记，当时佯装投降于南朝天皇的赤松家残党间岛彦太郎等三十人，于长禄元年十二月二日趁天降大雪突然发动叛乱。他们兵分两路，一边袭击了位于大河内的自天王王宫，另一边又冲进位于神之谷的征夷大将军住所，自天王虽是亲自挥刀迎战，却终因不敌叛贼而被杀。随后，叛贼夺走天皇首级与神玺出逃，途中受大雪所阻，走到伯母峰的山顶时已是天黑，叛贼便就地将天皇首级埋入雪地，在山中过了一晚。然而就在第二天一大早，吉野十八乡的庄司[②]率领众人紧追而上，鏖战之中，被埋了整夜的天皇首级自雪中喷射出鲜

---

① 日本古典文学作品之一，以日本南北朝时代（1336—1392）为背景。

② 即庄官，是庄园内担任征收年租、维护治安以及防御外侵等任务的人。由中央领主派遣或从地方有实力的豪族中任命。

血，庄司们这才立刻将其夺回。这一事件在不同史书中的记载虽多少有些出入，但在《南山巡狩录》《南方纪传》《樱云传》《十津川记》等书中均有迹可查，特别是《上月记》和《赤松记》，都是由当时对战的亲历者在晚年时亲笔所写，抑或是经他们的子孙亲笔记录而成，真实性毋庸置疑。而且某本书中也曾记载过，当时自天王年仅十八岁。此外，在嘉吉之乱中遭遇灭亡的赤松家得以复兴，都要归功于他们刺杀了南朝的两位皇子，并将神玺带回京城。

从吉野的大山深处到熊野之间的地区，由于交通不便，许多古老传说和名门世家得以长期存续便不算稀奇。比如，曾被后醍醐天皇当过行宫的位于穴生的堀氏宅邸，其部分建筑被留存至今，而且据说皇族的子孙还住在那里。另外，在《太平记》中"大塔宫熊野逃亡"一章中出现的竹原八郎一族，大塔宫就曾在竹原家住过一段时间，其间还跟竹原家的一位姑娘诞下一子，竹原家的子孙由此繁荣不息。此外还有更为古老的大台原山中的五鬼继部落，附近的人都说他们是鬼的后代，断然不会与部落居民联姻，而他们自己也并不渴望与部落之外的人有瓜葛，并自称是役行者身边前鬼①的后裔。这一切皆因当地风俗所致，曾经侍奉过南朝皇族，被称作"南朝遗族"的世家

---

① 役行者是日本佛教派别修验道的开祖。役行者身边有一对追随他的鬼神夫妇——前鬼和后鬼。吉野山即为修验道的修行地。

为数众多。如今在柏木地区，每年二月五日都会举办纪念"南朝殿下"的祭典，在征夷大将军行宫遗址——神之谷的金刚寺中，更会举行庄严的朝拜仪式。在祭祀当天，来自数十个家族的"南朝遗族"可以穿上绣有象征皇室的十六瓣菊家徽的成套礼服，跟代理知事、郡长等人一起在上位就座。

　　以上寻得的这众多资料，都越发增加了我创作老早以前就开始构思的历史小说的热情。南朝、樱花遍开的吉野山、大山深处的秘境、十八岁便英年早逝的自天王、楠二郎正秀、藏于山洞深处的神玺、自雪中喷出鲜血的天皇首级……单是把这些关键字排列一看，就能确信它们定是不可多得的好素材。再加上故事发生地的景致也堪称绝妙，溪流、断崖、宫殿、茅草屋、春天的樱花、秋日的红叶……这里有众多美景可被自由调度。而且这些故事并非毫无根据的空想，不仅有记载准确的正史可寻，各种相关记录和古代书籍的详细程度也是无可挑剔，我想只要将这些史实巧妙地排列组合，就足以写出一部有趣的佳作。如果在此之上，能在文笔上稍加润色，适当添加些逸闻与传说，并充分运用当地的独特名胜、鬼之子孙、大峰山修验道的修行者、熊野参拜等元素，再创造出一位与自天王相配的美丽女主人公，譬如大塔宫后代中的某位公主之类的角色，定会让这故事越发精彩。

　　正因如此，一想到居然至今都没有稗史小说家留意到这么好的素材，我便觉得不可思议。话虽如此，其实泷泽马琴写过一本未完之作——《侠客传》，我虽未曾拜读，但听说这个故事正是以虚构出的楠氏女儿姑摩姬为中心展开，不过情节似乎并未涉及自天王的真实事迹。另外，德川时代似乎出过一两本写到吉野王的作品，但有多大比例是基于史实所作，便不得而知。总之在如今社会上流传的作品范围内，无论是在书籍中，还是净琉璃①或歌舞伎中，我都未曾见谁使用过南朝题材。也因这层缘故，我想着无论如何都要趁还没人用过这些题材的时候，借此创作出一部好作品。

说来也巧，因为一些意料之外的缘故，我听闻了许多关于那个大山深处的地理状况与风俗民情。这都要归功于我高中时代的一位友人——津村。津村虽是大阪人，但有位住在吉野国栖地区的亲戚，我便常常通过津村打听关于那里的一切。

在吉野川沿岸地区，读音是"kuzu"的地名共有两处所在。下游地区的那个写作"葛"，上游地区的写作"国栖"，因那首与飞鸟净见原天皇、天武天皇相关的歌谣而得名的"kuzu"则是后者。不过无论是葛还是国栖，都并非吉野特产葛粉的原产地。

葛地区我不甚了解。在国栖，多数村民都以造纸为生，那

---

① 指人形净琉璃，一种日本独有的木偶戏，也是日本四种古典舞台艺术形式（另含歌舞伎、能剧、狂言）之一。"人形"指木偶，"琉璃"是指伴有三味线演奏的戏剧说唱。

是一种现在已相当少见的原始制纸方法，首先要将楮树皮的纤维在吉野川的河水中进行漂洗，再手工抄制出纸张。此外，这里的很多村民都有个奇怪的姓氏——"昆布"，津村的亲戚如今也改姓昆布，且以造纸为业，还是村子里做得最大的一家。听津村说，昆布氏也是当地历史悠久的世家，应该跟南朝遗臣的血统多少有些关联。

关于写作"入之波"的地方读作"shionoha"，"三之公"读作"sannoko"，我都是在拜访了津村亲戚家之后才得知的。他还告诉我从国栖到入之波，需要越过险峻的五社峰，再走六里①多地才能到；要到三之公的话，则需要继续走两里到峡谷入口处；而要前往最深处的自天王居住过的地方，还要跋涉四里路以上。以上这些我不过是出于兴趣问问罢了，其实即便是住在国栖周边的当地人，也鲜有人跑去那么远的上游区域。但据顺流而下的筏夫说，在山谷深处叫八幡平的一处低洼地，坐落着一个聚居了五六户人家、名为炭烧的部落，从那里再往大山深处走五十多米，其尽头处是个叫隐秘平的地方，那里确实留有自天王宫殿的遗迹，还有秘密供奉过神玺的山洞。但是，自山谷入口开始的四里路程，全是完全算不上路的令人生畏的绵延绝壁，即便是大峰山上的修验道修行者想进那里，也绝非

---

① 此处指日里，1日里约等于3.9公里。

易事。住在柏木一带的人，通常只是去入之波河边泡泡温泉，便折返回来。其实若敢进入山谷深处，还能找到许多自溪流中喷涌而出的温泉，在明神更有多条瀑布飞流而下，但知晓这些绝佳景致的只有山中居民和炭烧部落的人而已。

这位筏夫的一番介绍，让我构思中的小说世界变得越发丰富。其实我手头合适的素材均已齐备，没想到现在又多了溪流中喷涌而出的温泉这一理想背景。不过话说回来，此前我已在远离吉野的东京，尽我所能地对当地的历史和地理状况做了充分调查，如果津村那时不曾邀我到吉野山一游，我恐怕不会专程跑到那样的大山深处去吧。其实有了手头的那些资料，即使不去做实地考察，之后全靠自己的想象也能写出故事，而且留些想象力发挥的余地或许更利于创作。

"机会难得，不妨来亲自看看。"然而我终是耐不住津村的热情邀请，那时正值那一年的十月末或者十一月初，津村因事准备拜访住在国栖的亲戚。他劝我说："虽然去不了三之公那么远的地方，不过在国栖附近走一走，亲眼看看当地的地貌和风俗，肯定会对你的小说起到参考作用。况且也不必拘泥于南朝历史，每片土地都自有其故事，你还可以去收集些其他素材，少说也够你写出两三部小说的。反正这一趟绝对不会白来，你就拿出点职业精神吧！再说现在这天气正适合出游，吉野的樱花虽然最出名，但秋天的风景也相当不错哦！"

上述铺垫虽有些长，但正是出于这些缘由，我才突然有了出行的打算。津村所说的"职业精神"确是动因之一，但说实话，去自由自在地游玩一番才是我此行的主要目的。

第二章　妹背山

　　津村告知我他从大阪出发的日期，以及在奈良若草山脚下，预定好一家叫武藏野的旅馆之后，我便自东京出发，坐夜班火车前往会合，途中在京都休息一晚，第二天早晨便抵达了奈良。这家叫武藏野的旅馆二十年前就在，但现在的店主似乎已不是从前那位。那时的旅馆建筑看起来更古旧，也更雅致。铁道部开始设立酒店已是那之后的事了，因此在当时，武藏野旅馆和另一家叫菊水的旅馆都是当地一流的旅店。由于津村早在这里等得没了耐心，只想尽快出发，加之我也不是第一次到奈良来，于是我们只在旅馆房间里远眺一番若草山，休息了一两个小时后，便决意趁着山中尚未变天，即刻前往目的地。

　　我们在吉野口换乘上咔嗒作响的轻铁列车先抵达了吉野站，之后便要沿着吉野川的沿岸街道一路步行。抵达《万叶集》中提及的六田淀、柳渡一带时，前路一分为二。向右的一条路通往赏樱胜地吉野山，一过桥便到了下千本，再往前经过的关屋之樱、藏王权现、吉水院、中千本……都是每年樱花盛开时节游客聚集的地点。想来我曾两度到吉野来赏过樱，年幼时跟随母亲来京都附近游玩是第一次，之后一次是在上高中时，印象中当时确是跟随人群登上了右边的山路，而向左走这还是第一次。

近年来，由于乘汽车或缆车都可以直通中千本，选择在山间路上边步行边赏景的人已不多见。但在过去，来吉野山赏樱的人都要经过这处分岔路口，右转登上六田淀上的桥，一览吉野川的河畔风光。

"那儿，快看那儿，那就是妹背山。左边的是妹山，右边的是背山。"

从前，做向导的车夫都会站在桥栏杆前，指向吉野川的上游方向，示意旅客驻足观赏。记得那时母亲也曾让车子停在桥中央，她将年幼不知事的我抱在膝上，凑到我耳边说："你还记得妹背山那出戏①吗？那个就是真正的妹背山。"

那时我还小，对妹背山的印象并不深刻，只记得当时正是山中寒意未退的四月中旬，黄昏时分薄云蔽空，在朦胧泛白的辽远天空下，层层叠叠的远山峡谷间，吉野川悠悠而来，风一过，那河面上便漾起许许多多细碎的涟漪。就在那山与山的缝

---

① 指日本知名的歌舞伎剧目《妹背山妇女庭训》。

隙之间，有两座山峰显得格外小巧可爱，暮霭笼罩，就像那小小的山峰微微红了脸。虽然我当时还看不明白妹背山是夹吉野川相对而居，但自妹背山的戏剧里，我早已知道它们是分别坐落在河流两岸。在歌舞伎的舞台上，大法官清澄的儿子久我之助跟他的未婚妻少女雏鸟，分别居住在背山和妹山临山谷而建的高楼里。在整部戏中，这个场景极具童话色彩，在我幼小的心里留下了很深的印象，因此当时一听到妈妈的话，我便在心中感慨："啊，那就是妹背山啊！"即使如今长大，我也会不自觉地陷入孩子似的幻想，想着只要去到那条河边，是不是就会邂逅久我之助和那位少女雏鸟呢。总之，幼年时初次在桥上目睹的风景让我始终难以忘怀，直到现在都会不经意地兀自怀念起来。

后来直到二十一二岁，我才又来到吉野，再次走上这座桥凭栏而立，心中忆起已不在人世的母亲，久久地望着河流上游，出了神。由于河流是自吉野山山脚下向平原地带流去，湍急的溪流便转换为"恣流千里长"的悠悠之态，自成趣味。位于河流上游左岸的上市町中，只有一条背山临水的街道，其间坐落着点点屋脊低矮、质朴素雅的田舍房屋。

我们过了六田桥桥畔，在分岔路口折左而行，向着一直以来只在下游远眺过的妹背山的方向行进。眼前的街道沿河岸笔直延伸，看似平坦易行，但其实它从上市一路通向宫瀑、国栖、大瀑、迫、柏木，逐渐向吉野的群山深处深入，抵达吉野川的源头之后，又越过大和与纪井的分水岭，最终能抵达熊野浦地区。

由于我们从奈良出发得早，正午刚过便到了上市町。街道上的人家跟在桥上远眺这里时想象的模样相差无几，极为朴素，古香古色。街上临河一侧房屋稀疏排列，但多数都遮挡住了河流景致，街道左右房屋的外侧都是老旧的黑褐色格子窗，外观看起来虽是二层楼，第二层却像阁楼一般，整体显得非常低矮。走在街上向沿路昏暗的格子窗里窥探，首先看到的定是田舍人家常见的直通向后门的素土地面房间，而在房间入口，多悬挂着一枚店名和姓名被拔染成白色的藏蓝色门帘。不光街上的店家如此，不做生意的普通人家也多是这样。这里房屋的构造都像被压垮一般，屋檐低垂，面阔狭窄，但门帘后边却多能瞥到树木矗立其中，有些还在侧面加盖着房屋。这一带的建筑大致都有五十年以上，甚至一两百年的历史，然而房屋虽旧，每家门窗上糊的白纸看起来都格外新，就好像刚刚换过似的一点污渍都看不到，即使有个小小的裂口，也被用花瓣形状的剪纸精心修补上了。

在秋日澄澈的空气中，这些门窗纸呈现出一种清冷的白，那是一种叫人难以置信的洁净感，仿佛连一粒尘埃都不曾落在上面，当地人这种不使用玻璃窗的习惯，也彰显出他们比城市人更为敏感纤细的地方。东京的房屋通常都会在纸拉窗外再加一层玻璃窗，否则白纸很容易被弄脏而变暗，有了破洞的话还会漏风，必须马上修补或换新。总之，这里家家户户的门窗纸所呈现出的清新感，完美地综合了格子窗与门窗框被熏黑的外观，就好像一位家境贫寒却格外注重仪表的美人一般，给人一种文雅秀美之感。

把那些照拂在白纸上的日光注视得越久，我便越清晰地感受到自己确是身处秋日之中。因为今天天色晴得鲜明，反射到门窗纸上的光线看着明亮，却不至于刺眼，实在是美得刻骨铭心。太阳行到河面之上，照亮了街道左侧房屋的门窗纸，而其反射出的光线又全部照进了街道右侧的住家。蔬果店门口陈列的柿子也被照得别具美感，木酬柿、御所柿、美浓柿……各式品种的柿子颗颗都被照得光润明亮，这些熟透了的珊瑚色果实好似眼眸般在闪烁着光。就连乌冬面店前玻璃箱里成团的面条都被照得格外鲜亮。一些房子前面正铺了草席，上置簸箕，晾晒着软炭。也不知是打哪儿，还有铁匠铺的锤铁声和碾米机的沙沙声不时传来。

直到快要走出上市町，我们才在一家饭馆的沿河房间里用了午饭。从桥上远眺妹背山时，我总觉得它还在更远的上游，但此时这两座山已是近在眼前。以河相隔，岸这边的是妹山，对面的则是背山，《妹背山妇女庭训》的作者或许就是游历过此处的山水之后才有了关于那出戏的构想吧，不过这里的河流宽度，远比舞台上看得更宽，并不是戏里那样狭窄的溪流。假设久我之助和雏鸟真的住在妹山和背山上，是绝不可能像戏里那样隔着河对上话的吧。河对岸的背山山脊与其背后的山峰相连，整体形状与妹山并不完全一致，妹山看起来是座完全独立而居的圆锥形山，山体更被繁茂的绿树铺了个满当。上市町的街道一直延伸到妹山脚下，从河这边望去，看到的是街上房屋的后墙，二层楼看着像三层高，平房则好似两层楼高。有些人家在家中二楼架设了直通河底的铁丝，借着木桶，人在家中就能随时汲水来用。

"我说，妹背山看过了，下一个就该《义经千本樱》①啦！"津村忽然向我搭了话。

"千本樱的话，那是在下市吧，那儿有家钓瓶寿司店我倒是听说过……"

在净琉璃剧目《义经千本樱》中，有一段讲的是平维盛化身寿司店家养子，藏身于此的故事。然而下市町有人借着这段毫无根据的戏剧情节，居然自称是平维盛的子孙，我虽未曾实地探访过，这样的传说却是有所耳闻。那家人中虽没有恶人权

---

① 《义经千本樱》，日本歌舞伎三大经典剧目之一。讲述了源平合战后因与兄长冲突而从京都外逃的源义经和被卷入其中的平氏武将的悲剧故事。后文中提及的平维盛、权太、静御前、忠信狐等均是戏中重要人物。

太，但至今还给女儿取着跟戏里一样的名字——阿里，并靠卖钓瓶寿司为生。不过津村要带我去看的并非这家店，而是戏中的另一件重要道具——静御前的初音鼓，据说收藏着这件宝物的住家，就在前面宫瀑的对岸，一个叫菜摘的地方。

"反正都要路过，不妨前去一看。"如此说着，津村便带路前往。

说到菜摘，应该就在谣曲①《二人静》中唱及的菜摘川的岸边吧。曲中唱过"菜摘川岸边，有女从天降"时，静御前的亡灵随之降临，她开口唱道："罪孽深重生悲愁，终日抄经赎罪身。"之后一段是边舞边唱，"我心惭愧，难忘往昔……今以三吉野河之名，自称菜摘女。"由此可见，即便是传说，菜摘与静御前的关联也有相当的真实依据可寻，或许并非完全是虚构。此外在《大和名胜图册》中，还有"菜摘有名川，其名曰花笼，亦有静御前生前暂居房屋遗址"的字句出现，看来静御前的传说从很久以前业已存在。

如今收藏着初音鼓的人家虽已改姓大谷，但过去是姓村国的庄司，根据家中旧时的记录，文治年间，义经与静御前流落至吉野时，曾在其家中做过短暂停留。加之菜摘附近还有象小川、小憩桥、柴桥等知名景点，有不少人会在游览观光之余

---

① 日本古典戏剧"能乐"的唱词或剧本。

去一睹初音鼓真貌，不过这毕竟是他们家中数代珍藏的传家之宝，若没有可靠的介绍人提前拜托的话，绝不会轻易示人。津村正是请住在国栖的亲戚做了我们此行的介绍人，想必今天对方正在等候着我们的到访。

"那个初音鼓，就是用忠信狐父母的狐皮制成，只要静御前一敲鼓，他就定会马上现身的那面鼓吧？"

"嗯，没错，戏里是这么演的。"

"真有人家里有那么神的东西吗？"

"听说是有。"

"真的是用狐狸皮做成的？"

"我也没见过，还真不敢保证。反正听说这家的历史确实有年头了。"

"也许他们家跟钓瓶寿司店一样吧，谣曲《二人静》自古便有，他们是借人家的名声，自己编的故事吧。"

"或许如此吧，不过我对那面鼓还真有些兴趣。反正我想着一定要去拜访大谷家一趟，亲眼看看初音鼓。这也是我这趟旅行的目的之一。"

津村如是说，至于个中缘由，待我追问时，"以后再说"，他只是如此回我。

第三章　初音鼓

　　从上市到宫瀑这一路上，吉野川一直在我们的右侧相伴同行。越往山的深处，秋色也渐行渐浓。我们数次穿过麻栎树林，踏着沙沙作响的落叶向前走。虽然这一带的枫树并不算多，且没有聚集生长，但眼下红叶正长至盛时，常春藤、野漆树、山漆等红叶树在这片杉树丛生的山峰上星星点点分布，从最浓郁的红到最浅淡的黄，各色秋叶缤纷错落。虽说我将它们统称为红叶，但若仔细观赏，便会发现其中不只有红色，还有黄色、褐色等，树木种类着实多样。单是从黄色树叶中，就能分出数十种各不相同的黄来。曾听说野州盐原的秋，能把盐原人的脸映红，那样漫山满眼的红叶虽美，这里五彩缤纷的秋叶倒也并不逊色。"百花缭乱""万紫千红"这类辞藻，常被用来形容春天的山野花海，眼下吉野山间虽正值秋日，整体基调是"黄色"，但论色彩变化之丰富却也堪比春日山景。在从山峰与山峰的裂隙到河流上游地带弥漫的晴好日光之中，这些秋叶不时坠离枝头，在空中闪闪烁烁如金粉般耀眼，最终飘落水面。

《万叶集》中说的"天皇幸于吉野宫"，指的就是天武天皇在吉野的行宫，笠朝臣金村的"三吉野乃多艺都河内之大宫所"、三船山，还有人麻吕吟咏的秋津原野，听说这些景致都在宫瀑村附近。不一会儿，我们离开村子，终于要向对岸进发。河流在这里终于收窄，两岸变成陡峭断崖，湍急的水流拍打着河床上的巨大岩石，此处俨然成了一道湛蓝深渊。

象小川自树木丛生的象谷深处流出时是潺潺小溪，就在它即将流入这处深渊的地方，横跨河流之上的一座桥就是小憩桥了。都说这是源义经小憩过的桥，但想来多是后世的牵强附会吧。只见一脉清流之上，这座样式华丽但看似不甚牢固的桥，多半藏进了繁茂枝叶间，桥上还有游船船顶似的可爱桥顶，与其说是为了遮雨，倒更像是为了挡去落叶而盖。如若不然，遇上这样落叶飘零的季节，小桥顷刻间就会被落叶掩埋吧。桥畔坐落着两户农家，桥顶下的大半地方都被他们当作自家地方用来堆放柴火，仅留出够行人通过的宽窄。

此地名叫樋口，从这里开始前路一分为二：一边是河流沿岸，前方直通菜摘；另一边是要越过小憩桥，经樱木宫、喜佐谷村、上千本、苔之清水，通向西行庵地区。静御前的谣曲中唱到的"山间落白雪，有人踏雪来"，说的应该就是跨过小憩桥，从吉野后山向中院的峡谷方向去吧。

走着走着我才恍然发觉，高耸的山峰已近在眉前。天空被挤得越发狭窄，吉野川的河水、沿岸的人家，还有脚下的路似乎就要在眼前的溪谷迎来尽头。不过所谓村庄，是只要有点空地就会被人类开发到极致的地方，因此在眼前这片三面都被耸立山峰围绕，口袋似的低洼地里，仍有人将狭窄的河岸斜坡开垦成梯田，建造出茅草屋，而这里就是我们要找的菜摘了。

如今终于亲眼见到这里的山水景貌，才会明白这里确实像是逃亡者会落脚的栖息地。

我们进村稍加打听，马上就知道了大谷家的所在，从村口向里走五六百米，在拐向河滩的一片桑树田中，一处格外显眼的建筑就是了。因为那些桑树长得格外高，从远处望去，那看起来年代久远的茅草屋脊和瓦檐，就好像汪洋之中漂浮的小岛一般浮现在桑树叶之上，很是优雅。但进入大谷家之后又让人觉得，与房屋高雅的外观相比，内在实在只称得上是寻常人家。两室相连的客厅面朝桑树田而居，拉窗正全部大敞。其中一间设有壁龛①的房间里，一个约莫四十岁、似是主人的男人正坐其中，一见我们进来，还没等递上名片，他就马上起身迎接。那是一张饱经日晒、肌肉紧绷的脸，他的眼似睁非睁，

---

① 和式房间的客厅里，为在墙上挂画和陈设装饰物品而略将地板加高的地方。通常设在招待客人的最好房间中。

像是没什么精神，但眼神中却清晰地透露着良善，再加上那短脖颈宽肩膀的体格，怎么看都不过是个憨直的农夫。

"国栖的昆布家之前跟我联系过了，我这会儿正等着你们来。"

他这短短一句话里都是我们很难听懂的乡音，即便我们开口询问，他也总难流畅地回答，只是一直有礼貌地同我们寒暄。想来这家人早已不是过去的名门世家，只有微薄收入度日，但我恰是更容易跟这样的人亲近起来。

"百忙之中前来叨扰，实在抱歉，听说大谷家对传家珍宝格外爱惜，鲜少在外人面前展示，今日冒昧前来，希望能有幸观赏到那件宝物。"

听我如此说，这家主人倒惶恐地应道："没关系，倒也不是说不能拿给别人看。"其实在取出传家宝之前，遵照祖先要求，应该先斋戒七日，但现如今这要求实在有些苛刻。如果有人说想看看宝物，这家主人都不会拒绝。话虽如此，他整日要应对田里的农活，若是有人突然到访，定是没有空闲接待。特别是最近秋蚕的活儿还没忙完，家里的榻榻米其实整日都是掀起来未铺的状态。要是客人直接上门，怕是连招待的地方都没有；但如果提前打好招呼，他们就一定会空出时间，专门接待到访的客人。向我们解释起这些时的大谷，正把一双指甲又黑又长的手叠放在膝头，满脸难于启齿的神情。

仔细打量这个两室大的客厅，我发现地上的榻榻米确实都是为了迎接我们的到来才刚刚铺好。从纸拉门的缝隙向储藏室窥去，那里还露着未铺席子的地板，一旁杂乱摆放的农具也像是匆匆忙忙硬塞进去的。而在客厅的壁龛上，数样宝物早已摆放停当，主人将它们一件一件毕恭毕敬地排列到我们面前。

其中有题为"菜摘村由来"的卷轴一卷，义经公赏赐的长刀短刀数把，还有其清单、护手、箭袋、陶瓶，以及静御前的初音鼓，等等。在那卷《菜摘村由来》中，卷末写着：

五条御代官御役所之御代官内藤杢左卫门大人出
游之际

大谷源兵卫于七十六岁记录传闻

留存于家中之物

落款时间为："安政二年乙卯夏日。"

据传在安政二年，代官内藤杢左卫门来到这个村子时，当时的一家之主大谷源兵卫以跪拜礼迎驾，但等到老人一亮出这卷轴，又轮到代官立刻让出席位，向老人行起跪拜礼。不过这卷字的纸张早已像烧焦似的污迹斑斑，字迹实在难以辨识，因此随卷附了摹本一份。眼下虽无法得知原文如何，但摹本中却是错字百出，即便靠读注音假名也有很多无法确认的字眼，实在让人难以相信这是有修养之人所写。

通过这段文本我知道，这家的祖先自奈良时代以前就住在此地，在壬申之乱①中，追随天武天皇的庄司村国男依还前去讨伐过大友皇子。那时庄司拥有从菜摘到上市之间五十多公顷的土地。此处的菜摘川，指的就是吉野川流经这五十公顷间的河段。关于义经，这里还记载着这样的文字及和歌两首——

"源义经公又于川上白屋岳庆祝五月端午，游览一番下山后，在村国庄司处逗留三四十日。观宫瀑、游柴桥，并吟咏和歌两首。"

直到今天，我都不知道源义经有和歌存世。那上边所记载的和歌，即便是外行看来都丝毫不像平安时代末期的调子，措辞也格外粗糙。另有关于静御前的记录——

"当时义经公的爱妾静御前正于村国氏家中逗留，自从义经公在奥州落难，静御前无所依靠，遂投井自尽。这口井便被后人称为静井。"

从中可以得知静御前是在此处逝去。此外还写道："然而静御前与义经公永别后，因妄念未尽，夜夜化作鬼火从井中现身，历时三百年。那时，莲如上人在饭贝村给众人讲经，村中百姓请求上人为静御前的亡灵超度，上人欣然应允，为其接

---

① 指在天武天皇元年，即672年爆发的日本古代最大规模的内乱。一方是天智天皇的太子大友皇子，另一方是得到地方豪族相助而竖立反旗的天智天皇之弟大海人皇子（日后的天武天皇）。

引，将一首大谷氏家中所藏和歌写于静御前的和服长袖上。"
这段文字之后还记录了那首和歌。

在我们阅读卷轴期间，这家的主人未曾向我们做过一句说明，只是沉默恭敬地坐在一旁，脸上全然一副对祖辈传承至今的这些文字深信不疑的表情。

"请问，那件上人写下和歌的和服，现在何处呢？"

主人回我说，祖先为给静御前祈祷冥福，便把那件和服捐到了村中一个叫西生寺的寺院中去，但如今寺院早已不在，和服辗转到谁的手中他们也不得而知。我把这家世代珍藏的长刀、短刀、箭袋拿在手上端详便会发觉，它们确实都是些相当有年头的物件，特别是那只箭袋早已破烂不堪，单靠我们绝对无法辨别真身。

至于最关键的初音鼓，竟然连鼓面也没有，只有鼓身被收藏在一只桐木箱中。虽然看不出鼓中门道，但只觉得漆色略新，也没有泥金画的花样，看起来不过是只平平无奇的黑色鼓身。因为鼓身的木料已相当老旧，我猜测它曾被重新上过漆也未可知。

"这个嘛，可能是吧！"对于我的疑问，这家主人总答得不带一丝关切。

在他展示给我们的众多宝物中，还有附带顶和门、形制庄严的牌位两尊。其中一尊的门上是葵花纹样，正中刻有"赠正

一位大相国公尊仪"字样；另一尊则是梅花纹样，正中刻着
"归真 松誉贞玉信女灵位"，右侧写着"元文二年巳年"，左
侧则是"壬十一月十日"。但是关于这两尊牌位，这家的主人
似乎一无所知。只听说从很久以前开始，它就是相当于大谷家
主君之人的牌位。每年正月的第一天，他们都要照例对两尊牌
位行礼跪拜。此外他还满脸认真地对我们说，刻有元文年号的
那尊，应该就是静御前的牌位。

　　看着面前这位农夫半眯双眼里善良又慎重的目光，我们没
法再回一句话。时至今日，也没有必要再向他说明元文年号的
对应时代，或引证介绍静御前生平的《吾妻鉴》和《平家物语》。
总之这家主人一直以来都在一心一意地相信着祖先传给他的这
一切，我想他脑海中静御前的形象，未必就是在鹤冈神社前为
源赖朝起舞的那个静御前，而是一位象征着大谷家祖先曾经生
活过的遥远时代的高贵女性形象。在这个名为"静御前"的
高高在上的幻影之中，寄托了大谷家世代对"祖先""一家之
主""往昔"的崇敬与怀恋之情。至于这个崇高的形象是否真
的曾在这个家中投宿过，又是否度日艰难，都已没有追问的必
要。既然大谷家的主人对此深信不疑，不如就任他心无旁骛地
相信下去。若是硬要对主人施以同情的话，我想即便传说的原
型不是静御前，也可能是南朝的某位公主，或战国时期的某个
逃亡者，总之大谷家在繁盛年代确实经历过类似的事，后来又

渐渐将这一事实与静御前的传说混为一谈也不无可能。

"也没什么好招待你们的，就请尝尝这些熟柿子吧！"

正当我跟津村打算告辞时，这家的主人为我们斟来茶，又端来一盘柿子，以及一个干净的空烟灰缸。

这就是熟柿子啊。至于空的烟灰缸，应该不是扔烟头用，而是让我们吃那些已经相当软烂的柿子时用它接着吧。却不过主人的盛情邀请，我小心翼翼地把一颗似乎随时要熟破皮的柿子攥进手心。看着眼前这颗圆锥形、顶部尖尖的大柿子，它那通红的熟透的半透明果皮，就好像膨胀得圆鼓鼓的橡胶袋一般。若照上日光，这颗熟透的果实就变得宛若玉制的珠子般圆润剔透。市场上售卖的酒桶溇柿①，再熟都不可能呈现出如此漂亮的色泽，通常等不及变得这样柔软，果实就已经烂得不成形了。

主人告诉我们，制作熟柿一定要选择果皮厚实的美浓柿。在柿子还又硬又涩的时候就要从枝头摘下，然后尽量将它们储藏在箱子或筐子里，放置到不透风的地方。十天之后，无须任何加工，柿子皮中的果实自然就会变成半液体状，口感甜如甘露。如果是用其他柿子做熟柿，中间的果实会融化得像水一样，绝不会跟美浓柿的果实一般浓稠黏糊。吃这样的熟柿可以

---

① 把还带有涩味的柿子放在空酒桶里，靠桶内残留的酒精成分除去涩味，让柿子变甜。

042

像吃半熟的鸡蛋一样，先把顶部的蒂摘掉，再用勺子从露出的小洞口里舀着吃。不过，即使会弄脏手，也还是数接着器皿、亲手剥着皮吃最为美味。听说外形如此漂亮、口感又绝妙非凡的熟柿，只限于存放到大概第十天的一段短暂时间内才吃得到。若放得再久些，熟柿就会彻底化成水。

听着主人的介绍，我把手心上那一颗玉之甘露看得入了迷，仿佛此刻我手心的不只是颗柿子，而是这山间灵气与日光的浓缩。我曾听人说过，从前乡土之人上京城的时候，都会抓一把城中的土，包好当作特产带回家，如今如果有人问我吉野的秋色如何，我想我定会把这颗熟柿小心包好，带去给那人瞧一瞧吧。

到头来在大谷家令我感触最深的，不是那面鼓，也不是那些古文书，而是主人端来的这些熟柿。

我和津村在为这份从唇齿之间沁到五脏之底的山野凉意而欣喜不已的同时，贪婪地把这些甜蜜而黏稠的大颗果实吃下去两个才肯罢休。我的口腔被这意外邂逅的吉野之秋给塞得满满当当。现在想来，佛经中记载的庵摩罗果或许并不会比大谷家的熟柿更加美味吧。

第四章　狐唉

"你说咱们刚才看的那份古文书，虽然写了初音鼓是静御前的遗物，但是却没说那鼓面是用狐皮做的吧？"

"嗯，所以我觉得那面鼓在《义经千本樱》出现之前就有了。你想如果鼓出现在那部剧之后，或多或少都会把它跟剧情联系起来吧。就像《妹背山妇女庭训》的作者是来游历过妹背山之后才开始构思那出戏，《义经千本樱》的作者或许也是曾经来拜访过大谷家，听过一些关于义经、静御前的传说，才想出那部剧的吧。不过竹田出云创作剧本的时间起码在宝历年以前，咱们看的古文书却写于安政二年，比剧本出现的时间要晚，这是个疑问点。但是那份文书里也写着'大谷源兵卫于七十六岁记录传闻'，看来传说其实出现的时间更早吧。即使那面鼓是赝品，也不会是安政二年所造，而是很久以前就有了，这么假设的话也可行吧？"

"可是那面鼓看起来也太新了吧？"

"不，虽然不知道它新不新，但也有可能是从前的旧鼓经过重新上漆和改造，咱们看到的那个也许已经是第二代或第三代产物，我估计在那个之前，那只桐木箱里还收藏过比它更古老的鼓。"

从菜摘返回到对岸宫瀑的路上，我们经过了当地的又一处名胜——柴桥。坐在柴桥桥畔的岩石上歇脚，我跟津村做了如上一番探讨。

在贝原益轩所著的《和州寻览记》中，有如下一段记录："宫瀑一地并无瀑布，河流两岸遍布巨大岩石，吉野川从中流过，那岩石高达五间[①]，宛如巨大屏风而立，两岸之间河宽三间，狭窄处有桥通过。因宽广河流至此处收窄，河水忽然变得极深，实乃一番绝妙景象。"

文中所描绘的正是从我们此时小憩的岩石处望到的景致。

此外还有一段关于跳岩的记述，"村中人'飞岩'时会自岸上纵深扎入河底，顺流游至下游，再向观众领看表演的钱。飞岩时，两手紧贴身体两侧，双腿并拢，用力跃入一丈见深的河中，而后高举双手，浮出水面。"在《大和名胜图册》上也登载了飞岩的图片，现在我们亲眼所见的两岸地势、河流状貌，确实跟图片里的一样。

---

① 长度单位，日本近代以来普遍采用，一间为6尺（1.818米），1958年以后被废除。

吉野川流至此处时忽然来了个急转弯，于是两岸巨大的岩石间，便可见雪白的飞沫高卷又落下。刚才在大谷家时我们也听闻，每年在这一河段因触岩而遇难的筏子可并不少见。至于表演飞岩的村民，平日里会在这附近钓鱼、耕地，如果偶尔见到旅人经过，他们就会马上邀请人家来欣赏自己的绝技。从对岸略低的岩石上跳的话，是一百文钱，从岸这边高的岩石上跳是两百文，因此人们也管对岸的岩石叫百文岩，管这边的岩石叫二百文岩，这种叫法甚至流传至今。大谷家的主人年轻时也曾亲眼看过飞岩，但听说近年来愿意观赏这样表演的游客已经极少，不知不觉间，飞岩绝技似已渐渐失传。

　　"你说从前人们来吉野赏花，进山的路可不像现在这么便利，还得绕道宇陀郡过来，那么经过这附近的人肯定很多。也就是说义经当时逃难而来的路线，正是去赏花的寻常路线吧。所以竹田出云肯定来过这儿，也看过那面初音鼓啊！"

　　津村坐在岩石上，不知为何还挂念着刚才那面初音鼓。他对我说，自己并非戏里的忠信狐，可感觉对那面初音鼓的怀恋之情绝不比那只小狐狸少，也不知为什么，一看到那面鼓，他就觉得像见到了自己的双亲。

　　说到这儿，我就不得不先给大家简略讲讲青年津村的性格。事实上，直到此行坐在河畔岩石上休息，他对我吐露心声之前，我对津村的经历都不能算是非常了解。

我在前文中提过，津村是我在东京上高中时的同窗，当时我们的关系很亲近，但就在准备升大学的那段时间，他因为家事不得不回大阪的老家去，学业便也因此中断。当时我听闻的是，津村家是大阪岛之内的世家，世代经营典当行，家中除他之外还有两个女孩，因为父母过世得早，三个孩子主要靠祖母抚养成人。家中的大女儿早已出嫁，如今小女儿也定了人家，祖母渐觉无依无靠，便想着把家里唯一的男孩叫回身边，也好帮着照料家中大小事务，如此津村就突然离开了学校。

　　"这样的话，你去上京都大学如何？"虽然我曾向津村如此建议过，但当时他的志向并不在做学问上，一心只想着搞创作，他想反正家里的生意交给掌柜的负责即可，自己得空慢慢创作些小说倒也轻松自在。

　　自那以后，我们俩虽偶尔通信，却再没听他说过创作的事。想来他虽有大志，可一旦回到家里过上安稳富足的少爷生活，昔日雄心便也自然衰退，我想在不知不觉间，津村已受家中环境影响，满足于平稳的市井生活了吧。自那之后两年，有一天我从津村的来信中得知了他祖母去世的消息，那时我就想，恐怕不久的将来，津村就会迎娶一位与他门当户对的当地妻子，他也终于要成为岛之内的老爷一族了。

　　回到老家大阪之后，津村虽也来过东京两三次，但要说毕业之后我们俩能好好聊聊的机会，这还是头一次。关于这位许久未见的老友，他的状态也跟我想象的大致相同。无论男女，一旦结束学生生活，开始进入家庭之后，体质都会发生些变化，就好像营养突然得到了改善，肤色变得更白，体形也会随之丰满。而津村不只是外形，性格也变得跟大阪的盆地地形似的稳重温和起来，还有他那尚未完全摆脱的书生用语①中夹带的大阪口音，虽然从前多少就有，但如今混杂得更为显著。借由以上这番描述，想必大家都能想象出津村其人的外貌了吧。

言归正传，我们坐在岩石上时，津村突然向我讲起初音鼓与他之间的因缘，以及这趟出游的真正动机，还有他藏在心底的目的，个中原委说来话长，以下我会尽量简略地传达他的故事——

如果你不是大阪人，也不像我年幼时就失去双亲，连父母的样貌都不知道的话，恐怕无法对我说的话完全感同身受。我想你也知道，净琉璃、生田流筝曲、地方歌谣，是我们大阪当地特有的三种音乐形式。我不是特别喜欢音乐，但难免受家乡风俗熏陶，常会对这类音乐产生亲切感，不知不觉间就会记住那些曲调，受其影响。特别是我有一件挂心至今的事，那是我四五岁的时候，在岛之内家中最深处的一个房间里，我曾见过一位肤色白净、眉眼清秀、气质优雅的女性，正跟一位盲

---

① 日本明治年代的旧式高中、大学里，在男学生中流行使用的语言。

人检校①合奏古筝和三味线，那天的情景一直在我脑海里挥之不去。我总觉得那时弹着古筝的优雅女性，就是我记忆中仅存的母亲形象，可那人到底是不是我的母亲，我却始终没能弄明白。听祖母晚年时跟我说，我记忆中的女性其实可能是她，因为母亲在那之前不久已经去世。话虽如此，不可思议的是当时那位检校和女性一起弹奏的生田流的曲子《狐唉》，我到现在都记得清清楚楚。不过想来我家的祖母，还有姐姐妹妹都是那位检校的弟子，那之后我也时常听到那首曲子，也许我对它的印象是在反复倾听之间被不断加深了也未可知。我记得那首曲子的唱词是这样——

母亲大人好凄惨，如花美貌尽消散。

露水沾满地，智慧镜上蒙阴云，法师术法施不停。

唤声母亲啊，但见她回头空望泪无声。

翻山又越岭，时光飞逝疾，千山万水为谁而来，千山万水寻你而来。

舍我离家去，心中徒恨伤。恋恋不舍归山林，白菊隐岩枝蔓中，矮竹小道穿行过。

虫鸣声声起，夕落朝阳升，母亲踪迹无处寻。西

---

① 授予盲人的最高级别官名。

边田埂路艰险，群山峻岭难翻越。

越过一山又一山，思母念母不曾歇。

这首曲子的曲调也好，间奏也好，我到现在都一处不落地全记得。我想我之所以一直对那位检校和女性演奏这首曲子的场景记忆犹新，一定是因为这歌词里，藏着些让我那幼小心灵念念不忘的东西。

在大阪的地方歌谣里，原本就有很多条理不通、语法杂乱的句子，让人感觉格外晦涩的歌词更是不在少数。加之如果歌词是根据谣曲或净琉璃中的故事改编而来的话，若是不知道个中典故出处，就会越发为理解歌词含义所累，《狐哙》应该就有很多用典之处吧。不过像"母亲大人好凄惨，如花美貌尽消散"，以及"唤声母亲啊，但见她回头空望泪无声"这些句子中包含的少年思念离家母亲的悲伤之情，当时只有四五岁的我，不知为何却能感同身受。还有"翻山又越岭，时光飞逝疾""越过一山又一山"，这些唱词的旋律总让人感觉很像摇篮曲。而且加上某种联想作祟，我当时本不可能明白"狐哙"这两个汉字的写法和意思，但是随着听过的次数越来越多，我竟然隐约理解了曲中词意似乎是跟狐狸有关。

小时候祖母常带我们去文乐座和堀江座①看木偶剧，可能是因为当时看过的葛叶②母子分别的场面给我留下的印象太深，才让我觉得《狐哙》中的故事也与之类似吧。秋日暮色中，母狐狸在纸拉门后操作着织布机，梭声阵阵，她看着自己睡熟的孩子，不舍离去，在纸拉门上留下了那首和歌——"如若思念，就来寻找吧，和泉……"剧中的这个场景在当时对母亲样貌一无所知的我看来，实在太过震撼，我想如果不是跟我有相同成长经历的人定然无法想象。尽管我那时还是个孩子，但一听到"恋恋不舍归山林""白菊隐岩枝蔓中，矮竹小道穿行过"等的词调，我的脑海中就会出现这样的画面——穿过秋色缤纷的林间小路，一只白狐正向自己的老巢跑去，思念母亲的孩子寻着她的踪迹一路追赶，而那孩子好像就是我自己，心中也正被对母亲的恋慕心绪折磨得痛苦不堪。

说起来，可能是信田森林距离大阪太近的缘故，从很久以前开始，就有好几种家庭游戏都是边唱着葛叶童谣边玩的，其中有两个我记忆特别深。一个的唱词是这样——

---

① 文乐座、堀江座，均为位于大阪的木偶净琉璃的专门剧场。

② 和泉国（今大阪）信田森林中修行多年的白狐仙，日本知名阴阳师安倍晴明之母。传说她化身为美女后与晴明之父相遇，然而因晴明五岁时，意外目睹了母亲的狐狸原形，葛叶只得反复吟诵着歌谣："如若思念，就来寻找吧……和泉深处的信田森林，葛叶……"挥泪弃子回到森林中。日后晴明依据此歌寻到母亲，并继承了强大灵力。

钓啊钓啊钓

钓一只信田森林里的

狐狸呦

　　这是玩钓狐狸时唱的歌，规则是一个人当狐狸，两个人当猎人，猎人要用绳子结成个圆环，一人抓着圆环的一边去逮狐狸。我听说东京的家庭中也流行着类似的游戏，我从前在茶馆见艺伎玩过，不过唱的歌词和曲调跟大阪的略有不同。还有一点不一样的是，在东京玩时大家都是坐着，而大阪的则是站着，当狐狸的人，还要和着曲调边做出滑稽的狐狸动作，边向着圆环慢慢靠近；若是偶尔有经商人家的女儿或年轻的媳妇当狐狸，举手投足便更是可爱。记得在我少年时代，正月的晚上我们去亲戚家做客，一起玩这游戏的时候，就有位年轻的漂亮媳妇把狐狸的样子学得惟妙惟肖，到现在我都忘不了。

　　还有一个游戏是大家拉起手围坐成一个大圆圈，然后让当鬼的人坐在中间。围圈的一个人手中会藏着一个豆子类的小物件不让鬼看到，等大家开始一齐唱歌，手里的豆子也要被依次传递起来，待歌一唱完，围圈的人就一动不能再动，让鬼来猜此刻豆子到底藏在谁的手里。这首歌的歌词是这样的——

摘麦子呦

摘艾蒿哟

手里的豆子有九颗

九呀么九颗豆子哟

数豆思念娘亲哟

若是思念哟

就快来寻找

顺着信田森林哟

快来找葛叶

　　从这首歌里，我能感受到一种属于孩子的淡淡乡愁。在大阪的商人家，有很多从河内、和泉等乡下来做定期的学徒和女佣。一到寒冷的冬夜，关好家中大门和窗子之后，这些佣工会跟雇主家的人一起围坐在火盆边，边唱着这首歌边做游戏，这种场景在船场①、岛之内一带开店经商的人家里经常得见。想来那些年轻人离开偏僻的故乡，到大阪来学习经商方法、礼仪，虽然他们嘴上若无其事地唱着"数豆思念娘亲呦"，但心中一定在想念遥远的家乡，住在昏暗茅草屋中的父母的音容笑貌吧。后来我在看到《假名手本忠臣藏》的第六段，两位戴着深草帽的武士登场的桥段时，竟意外地听到伴奏用了这首曲

---

① 跟岛之内一样，同为大阪市中央区的地区名。16世纪因大阪"城下町"经营活动的需要，此处开挖了运河，成为商人云集的码头，船场之名由此而来。

子，它跟剧中人物与市兵卫、冈屋、阿轻等人的境遇是何等贴合，我看到此处着实要佩服作者的巧妙安排。

当时，我在岛之内的家里也有许多佣工，每当我看着他们唱起这首歌，一起做游戏时，心里既同情又羡慕。虽然离开父母身边寄人篱下的生活看似可怜，可他们只要回到故乡，就一定能再见到自己的双亲，而我却不行。也正是这样的想法，让我开始莫名地相信，只要跑去信田森林，我就一定能见到母亲。后来上小学二三年级的时候，我还瞒着家里人，拉着学校的朋友，真的去了一趟信田森林。那一带的交通相当不便，即便是现在坐着南海电车去，下车后也要再步行两公里，而当时连火车能通到哪儿都不确信，只记得大半路程都在颠簸的马车上，而且还步行了相当远的距离。实际去到那儿之后，我在巨大的樟树林里邂逅了一座葛叶稻荷祠堂，其中还有一口据说是葛叶用来照镜子的水井。在祠堂内的绘马堂里，凝视着画有葛叶母子分别场景的绘马①和似是雀右卫门肖像画的匾额，心里多少得到些慰藉。之后在回家的路上，我还听到许多当地百姓家里都传出织布机咔嗒咔嗒的运作声响，那感觉真是无比亲切。或许当时我们正好经过了河内棉布的产地，所以才会遇到那么多纺织作坊吧。总而言之，那些怀旧的织布机声实在是满

---

① 在神社、寺院中，人们许愿或还愿时敬奉给神明的小匾额。

足了我的不少憧憬。

　　其实有一点我自己也觉得奇怪的地方，我心里的这种恋慕之情多是针对母亲，对父亲的憧憬却并没有那么强烈。这或许是因为我的父亲比母亲离世的时间更早，如果说我记忆里还可能留有一丝关于母亲的记忆，那么关于父亲的记忆可以说是完全不可能有。如此看来，我对母亲的这份恋慕只是一种对"未知的女性"的朦胧憧憬，也就是说跟青春期的情窦初开不无关系。因为对我而言，昔日记忆中的母亲和未来会成为我妻子的女人，都是"未知的女性"，她们与我之间也都被一条看不见的因缘之线相连。我想，即使是跟我人生境遇不同的人们身上，也或多或少潜藏着这种心理吧！证据就在《狐哙》的唱词里，它既表达孩子对母亲的恋慕，比如"千山万水为谁而来，千山万水寻你而来""舍我离家去，心中徒恨伤"等的用词，又像是在歌颂相爱男女之间的爱别离苦。作者或许是有意把歌词写得如此暧昧，好让听者能从中解读出两种意义。总之，自我初次听过那首曲子以来，始终坚信它塑造的幻影不只是母亲的形象。我觉得，那幻影既可以是母亲，同时也可以是妻子。因此我幼小的心里勾勒出的母亲形象，并非上了年纪的老妇人，而永远是一位年轻美丽的女性。马夫三吉①的那段戏

---

① 人形净琉璃剧目《恋女房染分手纲》中第十段《重井与子分别》中的主角。讲述在大名家当公主奶妈的重井，碍于身份难以与亲生儿子三吉相认的故事。

里，不是有个叫重井的奶妈嘛，就是那位穿着绚丽的礼服、侍奉大名家小姐的华美贵妇，出现在我梦中的母亲形象就是像三吉的母亲重井那样的女性，在那些梦里，我觉得自己常会变成三吉。

德川时代的狂言①作者其实意外地聪慧细致，为了迎合潜藏在观众意识深处的种种微妙心理，他们会巧妙地运用各种技巧。在三吉那段戏里，作者在贵族家的女儿和马夫家的男孩中间，安排了重井这个拥有奶妈和亲生母亲双重身份的高贵妇人形象，表面看来剧情讲的是母子间的亲情，但其中也隐约地展现着少年淡淡的恋爱心绪。至少在三吉眼中，住在庄严的大名宅邸深院中的公主和亲生母亲，都是同样令他思慕的女性。而在葛叶的剧作中，虽然观众会跟安倍父子产生共鸣，对母亲的角色萌生怀恋之情，但母亲是狐仙的设定，将引得观众越发陶醉于对葛叶的各式幻想中。小时候我就总在想，如果我的母亲跟剧里一样也是一位狐仙该有多好，那时我不知有多羡慕剧中的小男孩。因为如果母亲是人类的话，此生我都不可能再见到她，但如果我的母亲也是狐仙化作的人，那不就意味着将来还有机会再见到她变回母亲的形象吗？没有母亲的孩子看过那出剧的话，恐怕都会像我这样想吧。还有《义经千本

---

① 穿插于能剧剧目之间表演的一种即兴的滑稽短剧，与"能"一样，同属于日本四大古典戏剧。

樱》的道行①片段中，作者为观众创造的"母亲——狐仙——美女——恋人"之间的联想则更为紧密。在这部剧中，母亲、儿子的真身都是狐狸，静御前和忠信狐虽实为主仆关系，但从观众角度来看，这两人又恰似一对私奔的恋人。正是这一缘故吧，它也成了我最爱看的舞俑剧，我想象着自己就是剧中的忠信狐，因被双亲的狐皮制成的初音鼓所吸引，穿过吉野山的樱花海，一路追随静御前而来。那时候我甚至想去学舞，如此我至少能在成果发表会的舞台上扮演一回忠信狐。

"不过还不止如此，"津村说着，目光则投向河对岸菜摘的森林深处，"我这次是真的为了初音鼓，来到了吉野山啊！"

说着这些话，津村那大阪人特有的温和眼眸中浮现出笑意，然而我却看不尽那藏在笑中的深意。

---

① 歌舞伎舞俑中展现时间推移，地点变换的旅行部分。多数道行物的登场人物为恋爱中的私奔男女，而《义经千本樱》第四段《道行初音旅》中的主人公——静御前和狐狸幻化的佐藤忠信却是主仆关系。

第五章 国栖

接下来还是让我代津村继续讲述他的故事吧！

通过上边的记述，大家应该有所了解，津村之所以对吉野抱持着一种特别的怀恋，其一是因为《义经千本樱》的影响，其二是很久以前他就听闻母亲的出生地在大和。然而关于母亲娘家的准确位置，以及现在是否尚在，等等，长久以来一直是个谜。祖母还在世时，津村总想从她那里多了解些母亲的事，可惜他的诸多提问在祖母那里都因遗忘而得不到确切答案。倒也想过去问伯父伯母等其他亲戚，然而不可思议的是，他们中没有一个人了解母亲娘家的状况。津村的整个家族都是世家，因此亲戚之间应该从两三代以前开始就常有来往，彼此相熟。

其实，津村的母亲并不是从大和直接嫁到大阪来的，听说她年少时先是被卖去大阪的花街，后来做了那里某户人家的养女才出了嫁。根据户籍上的记录，他的母亲是生于文久三年，在明治十年，十五岁的时候从今桥三丁目的浦门喜十郎家嫁入津村家，后于明治二十四年，时年二十九岁就离开了人世。直至中学毕业时，关于母亲的事，津村能了解到的也不过是以上这些。日后想来，祖母和亲戚中的长辈不愿跟他多说母亲的事，许是对母亲出嫁前的身份始终心存芥蒂。但在津村看来，自己的母亲在花街长大的这些事实，只会让他增加对母亲的怀恋之情，而从未叫他感到不光彩或不愉快。

况且母亲结婚时只有十五岁，那个年代虽盛行早婚，但十五岁应当是尚未被那一行浸染太深，仍然保有少女纯真的年龄，也正因如此，她才会年纪轻轻就生下三个孩子吧。一个未经世事的少女十五岁就嫁为人妇，想来为了赢得夫家认可，成为名门世家合格的主妇，她一定经受过各式各样的训练吧。津村就曾看过他母亲在十七八岁时手抄的一本琴曲练习本，那是用半纸①四折后制成的本子，歌词一行行整齐排列，行与行之间则是用朱墨写得极为细致的琴谱，整体字迹是非常优美的御家流体。

后来津村去了东京上学，自然远离了老家，可是想了解母亲故乡的那份心情，反而与日俱增。毫不掩饰地说，津村的整个青春时代就是在对母亲的恋慕中度过的。那时他也邂逅过很多商人家的姑娘、名门千金、艺伎或者女演员等，也不能说

---

① 指长 32 ~ 35 厘米，宽 24 ~ 26 厘米的日本和纸。

没对她们有过一些淡淡的好奇心，但最后真正能让他看在眼里的，只有容貌跟照片中的母亲有某些相似之处的女性。

津村当时选择放弃学校生活回到大阪，其实未必全是遵照祖母的意愿，他心里也希望能待在离一直向往的母亲故乡更近的地方，能守候在母亲度过她短暂人生中一半时光的岛之内家中。再者，母亲毕竟是关西女子，在东京的街巷中鲜少能遇到跟她相像的女性，但若回到大阪，关西女子却比比皆是。津村早前只知道母亲是在花街中长大，遗憾的是不知道具体是哪处花街。为了追寻母亲的幻影，回到大阪后，津村就开始接近花街上的女人，常常出入妓院饮酒作乐，处处留情，还落了个"花花公子"之名。然而这一切不过是出于对母亲的恋慕之情，因而津村并未对任何女人动过真心，至今坚守着童贞。

如此过了两三年光景，祖母也离开了人世。

祖母离世后的某一天，津村打算整理整理祖母的遗物，便去仓库翻开了小袖①衣柜的抽屉，没想到在祖母笔迹的文书中，还夹杂着一些从未见过的旧文件和书信。那是母亲做学徒时期，跟父亲之间的往来情书，以及她住在大和的母亲写给她的信和学习琴、三味线、插花、茶道等技艺时，从师傅那里获得的证书。那些情书中，父亲写的有三封，母亲的则有两封，

---

① 日本传统服饰之一，被看作现代和服的原形。

虽然信中遣词都是沉醉于初恋的少男少女的天真私房话，但也不难看出他们瞒着外人的秘密交往一直进展顺利。特别是母亲信上的语句："我本愚钝之人，不顾你的心思，冒昧写下这封信，还请你体谅体谅我的心……""能听到你对我说这番话，心中的喜悦实在难以言表，我也愿将难以启齿的身世种种都说与你听……"云云。作为一个十五岁的少女，这些词句的字迹运笔着实不算流畅，但遣词用字却颇为成熟，由此可见那时男女确实早熟。

此外，从母亲娘家寄来的信只有一封。收件人是"大阪市新町九轩粉川氏阿清亲启"，寄件人则是"大和国吉野郡国栖村洼垣内昆布助左卫门"。信的开头如下："来信已收到，你能有这般孝心，母亲很是欣慰，故速速回信于你。天气日渐转冷，得知你一切都好，我也甚感安心，父亲母亲实在觉得感激庆幸……"后面则是逐条写下的教诲之词，譬如，要把家中主人当作双亲一样尊敬，要认真学习各项游艺①，还有不能对他人之物起贪念，要虔诚地相信神明，等等。

津村坐在仓库那满是灰尘的地板上，借着昏暗的光线，反复诵读着这封旧信。回过神时，外边已是暮色低垂，津村便拿好信件进了书房，在电灯光下，又把它们慢慢展开。就在那两

---

① 指有关游戏娱乐的技艺能力，如茶道、花道、音曲、舞蹈等。

寻①长的信纸上，时光回到三四十年前，吉野郡国栖村的一户百姓家里，蜷缩在灯笼下，借着昏黄的灯影，努力撑着一双昏花老眼，将对女儿的嘱咐细致琐碎地一字一句写在纸上的老妇人形象便展现在津村面前。信中不少词语假名的错误用法让人不难看出这信是出自乡下老太婆之手，但相较之下那字迹却并不笨拙，是颇正宗的御家流草书体，可见她并非完全是一位水吞百姓。②如此看来，定是因为生活上遇到了什么困难，她才会把女儿送到大阪换钱。遗憾的是，这封信的落款处只写了十二月七日，而没有写明年号，不过这多半应该是女儿到大阪之后，她寄来的第一封信。

此外，信中行文不乏对自己日渐垂老的不安情绪，到处可见"这些是母亲的遗言""即使我离开人世，也会守护保佑你，愿我儿前程似锦"等字句，还有不能做的大事小情，她也逐一挂念教导。其中一条很有趣的是，关于切勿浪费纸张一事，她都写下了多达二十行的长篇大论——"这张信纸是母亲跟阿里所抄，务必贴身携带，珍惜保管，即便过上富足奢侈的生活，也万万不可浪费纸张。我跟阿里在抄制这些纸时，双手皲裂，指尖疼得像要掉了似的，实在是痛不堪言。"通过这些文字，津村得知母亲的娘家是以造纸为生，家中还有一

---

① 长度单位，指两臂左右伸展时，两手指尖间的距离。
② 比喻家境贫穷到只喝得起水的百姓，是江户时代对贫农的称呼。

位叫"阿里"的姐姐或妹妹。此外信上还出现了另一个女子的名字"阿荣":"阿荣每日都会去积满雪的山上挖野葛,等攒够路费,便去大阪探望你,期待我们能早日见面。"最后还写下了一首和歌:"儿行千里远,父母念心间,暗山口之外,日日望相见。"

这首和歌中出现的"暗山口"①一地,是在还没有火车的时代,人们从大阪去往大和时必须翻越的山路。山顶上有座寺,恰是观赏布谷鸟的名地,津村在中学时还曾去过一次。那是六月里的某个夜晚,他趁天色未亮开始上山,四五点前后到寺中短暂休息,正赶上拂晓时分,窗外天色刚刚现出些朦胧的白,就听得后山的不知何处,响起一声布谷啼鸣。然后很快地,也不知是最初的那只布谷鸟,还是其他的布谷鸟又接连发出了两三声啼叫,转瞬间布谷鸟的叫声开始响彻山间。津村读到这首和歌时,忽地回想起当时不经意间听到的布谷啼叫,一种说不出的怀念之感涌上心头。想来过去的人就将布谷鸟的叫声比作故人之魂,其"蜀魂""不如归"的别名,就是最贴合不过的联想。

不过关于这封外婆写给母亲的信,最让津村感受到一种奇妙因缘的其实另有所在——信中竟然屡次提及关于狐狸的事。

---

① 位于生驹山地中央的山口,近代作为连接大阪和奈良的最短路线而交通繁忙。

比如："……从今往后，每日清早务必去拜拜庙中的稻荷神[①]和白狐命妇之进。如你所知，只要你父亲召唤，狐狸必定来到身边，这皆是心诚所致……"还有："因此这次能渡过难关都是蒙白狐大人庇佑，今后为了你所在府上的武运恒昌，无灾无病，我会日日为你祈祷，你也定要虔心敬神……"从信中的这些字句中足以见得，外婆外公对稻荷神的信仰是何等坚定。

　　信中所说的"庙中的稻荷神"，应该是指外公外婆在自家宅院内建造了一座小型稻荷神庙，每日敬拜供奉吧。还有那位叫"命妇之进"的稻荷神的白狐使者，它的巢穴应该就在离庙不远的地方吧。至于"如你所知，只要你父亲召唤，狐狸必定来到身边"所言之意，是指那只白狐听到外公的召唤就会从巢穴中现身，还是说白狐会附体在外婆或外公身上，信中并没有明确写出，只是让人觉得外公能够随意召唤出白狐，这只白狐又一直暗中守护着这对老夫妇，掌控着他们一家的命运。

　　津村将写有"这张信纸是母亲跟阿里所抄，务必贴身携带，珍惜保管"的那卷信纸，真的贴到了自己的肌肤上。如果这封信是明治十年以前，即母亲被卖到大阪之后不久，从老家收到的第一封信，那么这张信纸就已历经了三四十年的岁月，像是被放在火堆远处烤过似的，信纸呈现出一种恰到好处的老旧黄

---

① 日本神话中的谷物和食物之神，主管丰收。中世纪以后，稻荷成为日本数量最多的神，狐狸被视为稻荷神的使者。

色，但那纸质却比现在的纸张纹理更为细腻，品质更佳。津村将信纸举到太阳前，交织其中的纤细而结实的纤维便被阳光映照而出，津村再次想起信上那句"我跟阿里在抄制这些纸时，双手皲裂，指尖疼得像要掉了似的，实在是痛不堪言"，他觉得手中这张恰似老人皮肤的薄薄信纸中，正流淌着生养了自己母亲之人的血。也许当年母亲在新町的艺馆中收到这封信时，也曾像此时此刻的自己一样，将它贴压到自己的肌肤上，思及此处，这封"沾染着故人袖香"的旧信，就成了对津村而言有双重意义的令人怀念而珍贵的纪念物。

至于后来津村是如何通过这封信查到了母亲娘家的地址，我想就不必赘述。由于将信中年代回溯三四十年后，恰逢明治维新前后，社会经历巨大的变动，因此母亲卖身的新町九轩的粉川家，还有出嫁前被短暂收养过的今桥的浦门家，如今都已不复存在且不知去向，还有证书上署名的茶道、插花、琴、三味线等师傅的家系多数也已断了，最终那封信成了仅存的唯一线索，除了去大和国吉野郡国栖村进一步打问，便再无他法可寻。于是津村在祖母去世的那年冬天，等百日忌的法事结束后，没有向身边任何一个亲友说明缘由，就突然独自踏上旅途，向国栖村出发了。

与大阪这样的大都市不同，吉野的乡下并未经历那样剧烈的变迁。况且国栖村所处的位置属于吉野郡的偏僻地带，是靠近大山深处尽头的乡下中的乡下，即便是再贫穷的家庭，也不会在两三代间就彻底断了后。那是十二月里的一个晴朗早晨，津村一路上满怀这样的期待，在上市雇了辆车，经我们现在徒步的这条路，匆匆奔向国栖。

当弥漫昔日气息的村落人家渐渐闯入视线时，最先吸引津村的正是家家户户屋檐下晾晒的纸。就像渔村里四处晾晒海苔的光景一般，这里有无数长方形的雪白纸张被整齐地排列在树立的木板上，高高低低地散落在街道两侧，还有山坡的层层梯田上，在寒冷日光的照射下正白得闪闪发光。津村注视着眼前这幅景象，没来由地眼角泛起了泪光。

这里就是自己祖先生活过的土地。此时此刻，他终于踏上了长久以来魂牵梦绕的母亲故乡的热土。津村想，自己眼前这片古老山村的平和风景，或许还跟母亲出生时一样吧，无论是四十年前，还是昨天，这里的日出日落都未曾改变吧。津村觉得自己终于来到了跟"过去"一墙之隔的地方，仿佛此刻闭上眼再睁开，就能看到不远处篱笆墙里一群嬉戏的少女中，也有母亲的身影在浮动。

起初津村以为，"昆布"应该是个挺少有的姓氏，到了国栖村后很快就能找到，可是到了昆布氏所在的洼垣内字①一

---

① 町或村中的一种行政区划名称，有"大字"和"小字"，一般将"小字"单称为字。

看，他才发现这里姓"昆布"的人原来非常多，想从中找出他要找的那家实在太难。没办法，他只能跟车夫两人把所有姓"昆布"的人家都一户一户地挨着问过，然而这之中叫"昆布助左卫门"的人，过去虽不清楚，现如今可是一个也没有。

终于，在一家粗点心店里，津村遇到了一位给他提供线索的老人。"你要找的可能是那家——"只见老人站到廊檐下，给他们指了街道左侧略高台阶上的一间茅草屋。津村让车夫等在粗点心店门前，独自沿着一条离开主路半米远的缓坡，向那茅草屋爬去。这天早晨的天气虽然颇冷，但因为茅草屋的背后恰好被平缓的山坡环绕，冷风吹不到此处，只见一片祥和的向阳地里，坐落着三四户人家，家家门前都有人正在抄纸。

津村向坡道上走去时，发现那几家干活的年轻姑娘都停了手上的活，正好奇地打量着他这个当地少见的城里来的年轻绅士。抄纸似乎是专属于当地姑娘和年轻媳妇的活儿，院子里干活的女人几乎个个都是系着头巾，工作正酣的模样。

在一片白色纸张与白色头巾鲜明晃眼的反光中，津村找到了老人给他指出的那户人家。大门名牌上刻"昆布由松"四字，并非他一直要找的昆布助左卫门。往院子里看去，主屋右手边有一间仓库似的小屋，屋中的木板地上，正蹲着一个十七八岁的姑娘，只见她双手浸在淘米水似的水中，轻晃着手上的木筛，不多时又迅速把木筛从水中抄起。等到木筛中的白水，在笼屉似的竹帘上沉淀出纸的形状，姑娘便将其依次排列到木地板上，之后又把木筛浸入水中，重复起刚才的作业。因为小屋朝南的板门正敞着，津村就伫立在枯萎野菊的篱笆外，凝视着顷刻间已抄出两三张纸的姑娘那精湛的手法。这位姑娘身形苗条，但有着乡下姑娘特有的壮实体格，着实是个大骨架的高个儿女孩。她的脸蛋看着格外健康，两颊肌肤紧绷，泛着年轻姑娘特有的光润，然而最令津村动心的却是她那浸在白水中的一双手。看着那双手，他才终于明白了外婆信上说的"双手皲裂，指尖疼得像要掉了似的"，但是她那在冷水中泡得通红发肿，让人不忍直视的十指，却依旧难掩她日益成长的少女魅力，越发呈现出一种惹人怜爱的美感。

正在此时，津村的目光不经意一转，注意到了主屋左侧角落里，有一座老旧的稻荷祠。这让他不由自主地向篱笆里走了去，径直来到刚才就在院子里晒纸、似是这家主妇的二十四五岁的女人面前。

主妇听津村表明了来意，可他的理由听来实在不着边际，主妇露出满脸迟疑，津村只得拿出那封信来给她看，对方这才渐渐相信起来。她对津村说："这个我不太清楚，我帮你叫家里的老人问问吧。"转头便从主屋里唤出一位六十多岁的老妇人。而此人正是那封信中的"阿里"，津村母亲的亲姐姐。

面对津村热情的询问，老妇人显得有些紧张，她独自在脑海中搜寻着那些已渐渐消失的记忆之线，鼓动着已不剩几颗牙齿的嘴巴，向津村慢慢讲述起来。她的话语中，不乏早已完全忘记答不上来的事、让人感觉她记忆出错的事、心中有所顾虑难以启齿的事，还有前后矛盾的事，她的话语始终未停，可是低沉而漏气的说话声却叫人难以辨清她的每一个字。关于好多细节，即使一再追问，也让人抓不到要点，多半都只能靠听者的想象来补充完整，不过即便如此，从这里听闻的事也足以解开津村这二十年来关于母亲的所有疑问。

　　虽然老妇人说津村的母亲是在庆应年间被卖到大阪去的，不过按她今年六十七岁来算，那时她十四五岁，母亲是十一二岁，毫无疑问，准确时间其实是改元明治以后。所以母亲只在新町工作了两三年，至多四年，就直接嫁到了津村家。从阿里姨妈的口气中推断，昆布家当时虽然穷困，却是相当注重名声的世家，因此把女儿送去花街学艺的事，家里人都是尽量隐瞒。他们觉得这是母亲自己和全家之耻，因此不只是在大阪学艺期间，即便她后来嫁入体面的富人家，他们之间也很少往来。再者，那个年代一旦被卖去花街学艺，无论是做艺伎、娼妓、女招待，还是其他什么工作，只要在卖身契上盖了章，就要跟亲人彻底断绝关系。从此之后，这些姑娘就成了世人口中的"任人宰割的学徒"，不管将来过得如何，老家的人都无权过问。

话虽如此，据老妇人模糊的记忆，妹妹嫁入津村家之后，母亲似乎去大阪探望过一两次，回家后还感叹女儿命好，如今成了大户人家的夫人。那时妹妹还让母亲捎口信，说叫阿里姐姐也去一趟大阪，可阿里念及自己乡下人外表寒酸，哪能到大城市去，那之后，妹妹也再没回过故乡。最终，阿里姨妈还没来得及见一面成人后的妹妹，妹夫、妹妹就相继过世，再后来她的双亲也走了，此后她与津村家的往来便彻底断了。

这位阿里姨妈在向津村讲述自己亲妹妹的过往时，用的都是"您的母亲"这样啰唆的称呼，这或许是出于对津村的礼貌，但也说不定她已然忘记了妹妹的名字。津村问及信中"阿荣每日都会去积满雪的山上挖野葛"一句中的"阿荣"其人时，阿里姨妈说那是她们家的长女，自己是二女儿，津村的母亲阿清则是最小的女儿。因为某些缘由，姐姐阿荣已嫁去别人家，阿里姨妈便收了养子，好让她们昆布一族后继有人。如今姐姐和自己的丈夫都已不在人世，昆布家由儿子由松当家，刚才在院子前接待津村的妇人正是由松的妻子。按说阿里的母亲在世时，应该多少保存着一些小女儿阿清的文书信件，但现在家里已是第三代人当家，怕是再找不到这些老旧物件。说到此处，阿里姨妈像忽然想起什么似的，起身去打开佛龛的小门，把摆在牌位旁的一张照片拿给津村看。那照片津村见过，是母亲在不久于人世时拍下的一张四寸大小的半身像，他的相册里就收藏着这照片的一张复制品。

"对了，我想起来了，您母亲的东西……"

拿来照片后，阿里姨妈似乎又想起些什么。

"除了这张照片，这儿还有一把琴。母亲曾说那是她在大阪的女儿的遗物，所以保管得很精细，不过我已经好久没见过了，现在也不知道什么样了……"

阿里姨妈说去二楼的仓库里找找或许会有，津村为了亲眼看看那把琴，便开始等候下田里干活的由松回家。趁等待的间歇，津村去附近用过午饭，回来后便帮着由松夫妇从仓库里将一大件落满灰尘的物品搬到了亮堂的廊檐下。

这东西是怎样传到这个家的呢——津村掀开罩在上面已经褪色的油布，一把复古而精致的莳绘①和琴映入眼前。除琴面部分，莳绘的花样几乎遍布整个琴体，两侧的图案似是住吉②的风景画，一侧是在松林中穿插着鸟居和太鼓桥的图样，另一侧则是石灯笼、海滨松和海边波浪的花样。从"海"到"龙角"、"四六分"的部分还飞着无数只白鸽，在"荻布"一侧，还能隐约看到"柏叶"下边绘有五彩祥云和飞天的图样。桐木质地的琴身在时光浸染中已然发了黑，却使得莳绘图案和颜料颜色

① 日本漆工艺技法之一，产生于奈良时代，以金、银屑加入漆液中画出纹样，干后做推光处理，显示出金银色泽，风格优雅华贵。
② 位于大阪南部，濒临大阪湾一带的地方。

都沉淀出一种越发高雅的光泽，格外惹人注目。津村拭去油布上的灰尘，端详起那上边染出的花样，它的材质应该是盐濑横棱纺绸，正面上方是红底，及拔染成白色的八瓣梅纹样，下方是中国古代美人独坐高楼弹琴的图样。两根楼柱上悬挂一副对联，上联是："二十五弦弹月夜。"下联为："不堪清怨却飞来。"油布背面则是明月之下大雁列飞的图案，旁边还配有"琴声堪比云中路，佳音好似雁成行"的文字。

不过这布面上的八瓣梅并非津村家的家徽，许是过去收养母亲的浦门家，又或者是新町艺馆的家徽也说不定。关于这把琴被寄回的时间，津村猜测可能是当年母亲准备出嫁时，把过去在花街用过的旧物都寄回了老家，那时老家这边或许正有位年轻姑娘在，乡下的外婆为了她便保存下了这把琴。又或者这把琴曾被母亲一直留在岛之内的家中，直到她过世后，才有人根据她的遗言，把琴送回到她的老家。津村虽想求证，无奈阿里姨妈和由松夫妇对这把琴背后的故事都全然不知。说起来当时随琴还附有一封信，但眼下已然找不到了，只记得听说这是"被送去大阪的人"送来的东西。

如今随琴放在一起的只有一个收纳附属品的桐木小匣子，其中有琴马和琴甲。琴马质地是黑色的硬木，每一个上面分别有松、竹、梅的莳绘图案。琴甲多数像是被使用了很久，已有被手磨破的痕迹，想着这些琴甲都曾嵌在母亲纤细的手指上，津村就禁不住那份来自昔日的吸引，把它们轻轻贴上了自己的小指。就在这一瞬间，年幼时在家中最深处的房间里，一位高雅的妇人和检校弹奏《狐哙》的场景，再一次掠过津村眼前。纵然那位妇人并非自己的母亲，当时用的琴可能也并非自己眼前这把，但母亲的双手肯定无数次抚过这把琴，也唱过那首歌。津村忽然想，如果可能的话，他想把这把琴修好，等到来年母亲祭日，请一个适合的人，再弹奏一次那首《狐哙》。

关于院子里的稻荷祠，作为家中的守护神，昆布家确实代代都供奉稻荷神，由松夫妇看过津村带来的信后，也确认了其中提及的稻荷祠就是现在家中那座，只不过如今家族中已经没有人能召唤狐狸了。由松小时候经常听说祖父能召唤白狐的传闻，但"白狐命妇之进"不知从某一代开始早已不再现身，现在稻荷祠后面的米楮树后，只剩下从前狐狸住过的巢穴。津村跟随由松前去一探，只看到洞口外挂起一条孤零零的稻草绳。①

以上这些事都发生在津村祖母去世那年，也就是距离此刻津村坐在宫瀑的岩石上，向我讲述往事的两三年前。此前津村给我的信中写到的"国栖的亲戚"，指的就是这位阿里姨妈家。不管怎么说，阿里姨妈是津村至亲的姨妈，她的家可以说就是

---

① 挂在神殿前表示禁止入内，或新年挂于门前取吉利用。

母亲的娘家，因此自那以后，津村跟这家人的往来也多了起来。不只如此，津村还为他们贴补家用，又给阿里姨妈盖了一间厢房，并扩建了家中的造纸作坊。靠了津村的接济，昆布家做的虽是不起眼的手工业，作坊的生意却比从前兴旺了许多。

第六章　入之波

"那……你此行来这儿的目的是？"

我们两个一直坐在宫瀑的岩石上说话，没注意到周边的天色已经暗下来，直到津村漫长的故事终于告一段落，我才继续向他追问之前的问题。

"是不是有什么事要找那位姨妈？"

"不是，我刚才的话其实还没全说完。"

湍急的溪流拍打在我们脚下的岩石上，掀起细碎的白色泡沫，暮色已越发分明，我却注意到了津村脸上泛起的淡淡羞赧之色，也隐约猜到了他接下来要说的话。

"那个，我刚才说第一次去姨妈家站在篱笆外时，看见院子里有一个在抄纸的十七八岁的姑娘对吧？"

"嗯。"

"那姑娘啊，其实是我另一个姨妈，就是去世的阿荣姨妈的外孙女。那天她正好去昆布家帮忙。"

跟我预想的一样，津村的声音也渐渐变得难为情起来。

"刚才我也说了，那姑娘是个十足的乡下丫头，绝对算不上是美人。而且因为在那么冷的天里干那种活儿，手脚也不甚精细，皮肤很是粗糙。但是我好像受到信中那句'双手皲裂，指尖疼得像要掉了似的'的暗示，当时一看到她浸在水里通红的手，就情不自禁地对她有了好感。还有她的长相，我看着总感觉哪里跟我照片上的母亲特别像。我想她毕竟是在乡下长大，像个女佣也是无奈之事，往后若是多加保养调教，说不定会跟母亲更像。"

"原来是这么回事，所以说她就是你的初音鼓吧？"

"没错，还真是这样……我想娶了那姑娘，你觉得怎么样？"

那姑娘名叫和佐，当年阿荣姨妈的女儿阿本嫁去柏木附近的农户市田家后，生下了她，怎奈市田家家境不甚富裕，小学一毕业，她就被送去五条町做了女佣。到十七岁的时候，因为家里的农活人手不足，和佐便请了假回家去帮忙，此后也一直在帮家里做农活。因为冬天田里没什么活，她就被叫到昆布家帮忙抄纸。今年也是时候该去昆布家帮忙了，不过今天她应该还不在。津村正打算趁这段时间先跟阿里姨妈和由松夫妇说明此事，听听他们的意思，然后再决定马上把和佐叫到昆布家，或是由津村去和佐家拜访一趟。

"这么说，要是顺利的话，我也能跟这位和佐姑娘见上一面吧？"

"是的，这次邀你同游，也是想让你亲眼见见她，听听你的看法。我跟她的成长环境毕竟差别太大，就算真能把她娶回家，以后到底能不能过得幸福，我自己虽然觉得应该没问题，但多少还是有点没底……"

我二话不说先催促津村抓紧办此事，从岩石上起了身，我们在宫瀑雇了辆车，抵达当晚准备借宿的国栖昆布家时，天色已完全黑下来。关于我对阿里姨妈及其家人的印象，亲眼所见的房屋模样和造纸作坊，等等，如果一一写出实在太占篇幅，且会跟前文重复，此处就省略不述吧。不过还是有让我印象深刻的二三事值得一记——昆布家那一带当时还没有通上电灯，到了晚上大家就围坐在很大的火炉边，借着煤油灯的亮光闲谈，那可真是地道的山中人家生活。火炉里添的木柴有好几种，橡树、柞树、桑树等，听说桑树最耐烧，热度也温和，看着大量的树桩被添进火炉里，实在要为那种在都市生活中难以想象的奢侈程度而惊叹。火炉上方的房梁和屋顶，被烧得颇旺的火燎得像是刚涂了一层焦油，黑得油光发亮。最后就是晚饭里的那道熊野青花鱼可真是美味极了，听昆布家的跟我说，有人把在熊野浦捕的青花鱼插在竹叶上，翻山越岭到他们这儿来售卖，途中要走五六天，甚至一周左右，新鲜的青花鱼在此期间便被自然而然地风化成了鱼干，有时山里还有狐狸出没，抢走这些青花鱼吃呢。

第二天早晨，津村跟我一番商量过后，终于决定要各自分头行动。津村要跟昆布家的人谈谈自己最挂心的问题，争取得到他们全家的同意。其间我在的话，多少会有些妨碍，于是我打算花上五六天时间深入吉野川源流地带，好为之前提过的小说再收集些实地资料。第一天从国栖出发，计划是先去位于东川村的后龟山天皇的皇子小仓宫的墓地祭拜，再经五社峰，进入川上庄，抵达柏木后，当晚在那里休息。第二天的行程是翻越过伯母峰，在北山的庄河合住一晚。第三天去拜访自天王的皇宫遗迹——小橡的龙泉寺，还有北山宫的墓地之后，登上大台原山，在山中留宿。第四天经过五色温泉，进入三之公峡谷，最好能深入八幡平和隐秘平，当晚就在附近樵夫的家里借宿，或是返回入之波。第五天从入之波再返回柏木，于当天或翌日返回国栖。以上路线是我向昆布家的人问过地理状况之后，制定的大致行程。之后跟津村约好再会时间，并预祝他进展顺利后，我便独自出发了，不过临走时津村还嘱咐我说，根据沟通情况，他也有可能要去柏木的和佐家一趟，叫我在返回柏木时，以防万一先顺路去和佐家看看他是否在那里，又告知了她家的地址。

我的采风之旅几乎完全按照安排的日程进行。听闻近来伯母峰的难行路段都通了公共汽车，到纪州的木之本为止皆无须步行。在旅途中，我感受到一种很强烈的与世隔离感。所幸天气一直不错，一路上收集的素材比预想中更丰富。到第四天为止，面对险峻艰难的路况，我还总能克服过去，最终让我应对不来的是进入三公谷的时候。其实在进三公谷之前，就经常有人跟我说"那个峡谷可了不得""哎哟，您要去三公谷啊"云云，这也让我提前有了心理准备，我将第四天的行程稍作调整，改为在五色温泉投宿，并让店家帮忙介绍了一位向导带路，第二天天一亮就提早出发了。

道路沿从大台原山发源的吉野川蜿蜒而下，抵达吉野川与另一条溪流的汇合处——二股时，前路也一分为二，一条笔直向前通往入之波，一条右转进入三公谷。然而，去往入之波的主路确实是"路"，向右去的那条路却通往杉树林深处，只能循着之前路人留下的稀少足迹前行。再加上前一天晚上下过雨，二股川水量骤涨，独木桥已被冲塌，近乎全毁，我们只得跳踩着激流翻滚中的岩石过桥，有时甚至不得不匍匐前进。二股川深处有条叫"奥玉川"的河流，从那儿穿过地藏河滩，直到抵达三公川为止，两条河流之间的道路只有紧贴陡峭绝壁上的一条，脚下不知有数丈深，有些路段又窄到连并排的双脚都放不下，而有些地方已经完全没了路，从对面悬崖到脚下的悬崖之间，或横一条原木当路，或架几条拼接木板做桥，原木和木板都是凭空相连，在崖壁间迂回曲折。

通行如此艰险的山路，对登山家而言自然是小菜一碟，但我是个在中学时代就极其不擅长器械体操，总是被单杠、爬架和跳马虐哭的男人，而且那时还年轻，也不像现在这么胖，若是在平地步行的话，十里八里也不成问题，但眼下这种危险路段，想往前走就必须把四肢全用上，这就不光是脚力强弱的问题，而是事关全身运动的灵巧程度。想必这一路上，我的脸色一会儿被吓得发青，一会儿又会紧张得通红吧。说实话，如果没有向导跟我同行，估计在刚才二股川的独木桥附近，我就已经走了回头路。可在他面前多少会有些不好意思，而且眼下的路，向后退与向前进都一样令人胆战心惊，我只能硬着头皮，把颤抖的双脚一步一步往前挪。

峡谷中不乏美妙的秋色，我的视线却因为始终要集中在脚下，连山雀振翅起飞时的响动都会吓我一跳，因此说来惭愧，我实在是没有详细描绘那些风景的资格。但我前面的向导就不同了，他不愧是熟悉山路的行家，只见他用山茶叶子做烟管卷了烟丝叼在嘴边，在这艰险的山路间如履平地，还不忘指给我看那是什么瀑布，这又是什么岩。

"那是御前岩。"途中，他忽然指向遥远的谷底对我说。继续走了不多远，他又告诉我，"那是醉仙岩。"

我顺着他指的方向，提心吊胆地向谷底瞥，至于到底哪块是御前岩，哪块又是醉仙岩就完全分不清了。听向导说，自古以来只要是君王住过的山谷，都一定会有名为御前岩和醉仙岩的两块岩石。四五年前有位东京来的大人物，也不知道是学者、博士还是官员，总之是个挺厉害的人物到这片山谷来时，他在前带路，那人就问他："这里有叫御前岩的岩石吗？"他答说有并指给那人看之后，那人又问："那么有叫醉仙岩的岩石吗？"向导再次指给他看，那人才说着："原来如此，那没错了，这里肯定是自天王住过的地方。"然后赞叹不已地离开了。向导虽告诉我这么多，至于那些奇特的岩石名称的由来，他却并不知晓。

除此之外，这位向导还知道许多关于这里的传说。他说从前京都来的追兵埋伏在此地时，怎么也找不到自天王的所在，只得继续在一山又一山中搜寻，有一日偶然来到三公谷时，向溪流中一瞥，竟看到有黄金从上游流下，于是他们依黄金逆流上寻，真的找到了自天王的宫殿。还有自天王搬至北山的王宫后，每天早晨都会去流经王宫前的北山川的河滩上洗脸，然而他身边常伴两位替身，这就让追兵分不清到底哪位才是真的自天王。这些追兵便向碰巧路过的村中老太太询问自天王真身，老太太告诉他们"那位口中呼出白气的就是自天王殿下"，后来这些追兵就发起了突袭，取得自天王首级。至于那位老太太，听说她的子孙后代生出的孩子个个都身患残疾。

这天下午一点前后，我抵达了八幡平的樵夫小屋，一边吃着便当，一边把从向导那儿听来的传说一一记在笔记本上。从八幡平到隐秘平，往返一趟还要近三里路，不过这段路反倒比早上的路要好走得多。当年南朝的皇族们虽是为了避人耳目来到此地，但住进那种峡谷深处也太过不便。"深山逃难柴门倚，我心唯有明月知"，实在叫人难以想象北山宫的这句和歌是在那里吟咏而出的。总而言之，三之公也许是个传说大于史实的地方吧。

这天晚上，我跟向导留宿在八幡平的山里人家，还被招待吃了一顿兔肉。第二天，我们又沿前一天的路线返回二股，跟向导分别后，我独自走到入之波，听说从这里到柏木只有一里路程，而且河边又有温泉，我想着先去泡泡温泉再启程，便向着河边走去。二股川跟吉野川合流后的宽阔河面上，悬着一座吊桥，过了桥，马上就能看到桥下的河滩上有温泉在翻涌着热气。但是，我试着把手伸进去，感觉那水温不过是太阳晒过般的温乎热度。有几位农家姑娘正在温泉边卖力地洗着萝卜。

"这温泉只有夏天能泡。现在想泡的话，你看那边那个浴桶，要把水舀进去再加热才行。"

姑娘们指着被扔在河滩上的带烧水铁管的澡盆，如此说道。

正当我回头看向那澡盆的时候，从吊桥上传来"喂——"的一声呼喊。

定睛一看，原来是津村，而他身边的姑娘应该就是和佐了，她跟在津村身后，正往河这边走来。两个人的重量让吊桥微微摇晃起来，嗒嗒的木屐声在山谷里回荡。

我计划已久的历史小说，终究是因为稍逊于素材而没能写成，而那时在吊桥上见过的和佐姑娘，自然早已成了现在的津村夫人。最终，比起我，那一趟旅行对津村而言才算是结局圆满。

（昭和六年一月至二月）

盲目物语

我出生于近江国①的长滨，那一年是天文二十一年②壬子年，到今年我已经……我想想，已经六十五岁了，不，应该是六十六岁吧。对了，我的双眼是在四岁那年失了明，我记得最开始还能隐约看到物体的形状，后来只能在晴天时感受到湖泊水面的亮光，而那之后不到一年，我就彻底盲了，家里人也信过神拜过佛，但并没有效果。我的父母都是普通的庄稼人，不幸的是十岁时父亲过世，十三岁时母亲也走了，后来的日子全要仰仗身边好心人的帮衬，我又学会了按摩，勉勉强强能够独自谋生。大概是十八岁的时候，偶然的机会，我认识了一个在小谷城里做佣工的人，经他介绍，我也开始住进城中当差。

---

① 日本的分国制起于奈良时代，根据天武天皇所创的"五畿七道"行政分区，其下又划分出六十六国。近江国属于东山道，其领地约为现在的滋贺县。
② 公元 1551 年。

想必无须我过多介绍，大家也已知晓，说到小谷城，那自然是浅井备前守长政公的居城，这位大人可是一位年轻有为的大将。长政公的父亲下野守久政公依然健在，有不少传言说他们父子关系不和，究其根源还是久政公之过，浅井家以家老为首的大半家臣也都臣服于备前守大人。这一局面的形成还要从长政公十五岁那年说起——永禄二年正月，长政公行元服[①]之礼，名字由新九郎改为备前守长政，并迎娶江南佐佐木义贤的老臣平井加贺守的女儿。然而这桩亲事并非长政公的本意，一切都是其父久政公的独断安排。下野大人的想法是，近江国江南和江北自古以来交战不断，眼下虽是和平态势，但南近江随时可能来犯，作为求和的象征，若跟南近江联姻的话，将来就再不必担心国内战乱了。话虽如此，对于成为佐佐木家臣的女婿一事，备前守大人心中是万般不情愿，可是无奈父命在上，他也不得不答应下此事。将平井大人的女儿娶进家后，一日久政公命备前守去南近江跟加贺守喝父子酒，这事引得备前守心中懊悔不已，想来自己难违父命，不得不给平井之流做女婿，这已经够让他愤恨的了，如今还要亲自前往探望所谓的"父亲"，那是何等的奇耻大辱！生于武士之家，终究是要去平定祸乱，征战天下，有朝一日成为武家栋梁才是他身为武士该有

---

① 日本男子成人仪式。此时要废止幼名，起用一生的正式名字，通常会从家中长辈的名字中取一个字并且世代相传。

的宏愿。

最终，长政公没有征求父亲的意见，就将那位被迫娶进家门的妻子送回了老家。对于儿子如此出格的行为，久政公大怒也是情理之中，但在浅井家的家臣们看来，这位少主人着实令人钦佩，年仅十五六岁已有如此宏大的志向，可见绝非等闲之辈，这孩子就像他当年振兴浅井家的祖父亮政公一样，天生具备豪杰之相，浅井家若能有这样的主君，日后必定会昌盛千秋万代。将希望寄托于长政公的家臣们，纷纷开始脱离久政公，最终，久政公不得不把家督①之位让给备前守，独自带着妻子井口夫人，隐居到竹生岛去了。

以上这些事都发生在我进小谷城当差之前，如今浅井父子的关系已经有所缓和，下野守也同井口夫人从竹生岛回到居城继续生活。

长政公在二十五六岁时，已经迎娶了第二位夫人，而这回的对象竟然是织田信长公的妹妹——织田市。这段婚姻起于织田信长从美浓国上洛②之际，纵观当时近江国内才能出众的武将，浅井备前守虽年轻，但已无人能出其右，信长公打算与其

---

① 指在日本传统的父权制度下，家庭中权力最大的领导者。通常在名主的家庭中才有家督。

② 指战国大名带兵攻入京都的行动。上洛是战国大名们一生中追求的梦想，进京朝见天皇，以证明自己拥有争霸天下的实力。此外上洛途中，还可以对沿途经过的各国进行侵略或招降。

结成同盟，便提议道："你愿意与我织田家结成婚姻同盟吗？若能应允，浅井和织田两家可以合力灭掉固守观音寺城的佐佐木六角，等成功上洛后，天下就等你我二人一同征战！你若想要美浓国，那就送给你，我还知道你跟越前的朝仓家交情不浅，所以我也不会随意轻取，越前国就任你指挥，我可以立下誓约。"

"您思虑得实在周到，这件事就照您说的办吧！"

婚事就此谈妥。长政公实在没想到，浅井家之前还屈居于佐佐木义贤之下，自己不得不娶他家臣的女儿，如今刚把她送回去，竟然就得到以武力征服诸国、权势威震天下的信长公的如此厚望，即将成为织田家的妹婿。这之中自然有长政公武略卓越的关系，不过由此可见，人还是要尽量胸怀大志啊。

听说长政公与之前的那位夫人相处还不到半年，我对她也并不了解，只听得阿市夫人在出嫁之前，就因世间稀有的美貌而闻名天下，嫁到浅井家后，他们夫妇感情和睦，公子、公主几乎连年降生，在我进城当差时，他们已有两三个孩子。年长的公主叫作茶茶，那时尚是十分惹人怜爱的年纪，这孩子日后被太阁殿下①纳为侧室，赢得宠爱，获得淀殿的称号，更为秀吉生下儿子，其中一人即后来成为右大臣的丰臣秀赖，看来人

---

① 特指丰臣秀吉的称谓。

的命运着实玄妙莫测。茶茶公主天生丽质，听说她的小脸、鼻子、眼眸和朱唇都酷似母亲阿市夫人，就连我这样的盲人，也或多或少感觉得到。

想来像我这样的卑微之人，何德何能竟然可以侍奉在这些尊贵的女性身边！有件先前忘记说的事，起初我在城中是为武士们按摩治疗的，但是当他们在城中待得无聊时，若有人向我搭话"喂喂，和尚，来弹一曲三味线吧"，我便应大家所望，弹唱些世间流行的歌谣。没想到这事传到了夫人耳中，她听闻城中有位擅长唱歌的有趣的和尚，便唤我当面弹唱了一次。自那之后，我又到夫人面前拜见过两三回，这也成了日后漫长故事的开始。

那可是大名鼎鼎的小谷城啊，城中除了武士还有许多人当差，连表演猿乐①的太夫②都被雇了来，我这样的小人物虽是做不到取悦夫人，但或许正是她那样高贵的人才会觉得底层平民中流行的歌谣听来有些新鲜趣味吧。而且在当时，三味线还不像现在这么普及，只有些好奇心强的人才喜欢练习弹奏，夫人大概是喜欢上那种新奇的琴弦音色了吧。

其实，我学习三味线并没有跟随固定的老师，也不知为何，我生来就喜欢听音乐，只要音符过耳，我马上就能弹出旋

———————————

① 日本的传统表演艺术之一。
② 在日本战国时期，艺能首屈一指的演员才能得到的称号。

律。即便没人教，我也自然而然地学会了演唱弹奏。三味线最初只是我偶尔弹着玩的，没想到不知不觉倒成了自己的一项技能。不过我的三味线到底是外行弹来消遣，实在算不上让人欣赏的技艺。没想到拙劣之处竟成了动人可爱的所在，不只赢得大家称赞，每次到夫人面前演奏时还总能得到赏赐。

那时正值战国时代，各地交战不断，不过正因为有战争，才更需要寻乐，主公带兵远征打仗期间，留在城中的女性们无事可做，便靠琴乐来排遣一二。还有武士们在城中长期据守的时候，为了防止大家意志消沉，宫殿内外时常会举办些热闹的活动，不像现代人以为的那样成日在可怕的战事中度过。特别是夫人也弹得一手好琴，寂寥无趣时，时常会亲自演奏，每每此时我便拿起三味线，无论夫人弹起哪首曲子，都马上配合着她开始伴奏，夫人似乎非常满意，还称赞我弹得巧，此后我便常侍奉在夫人身边。茶茶公主也学会用不甚流利的发音唤我"和尚、和尚"，还整日缠着我陪她玩耍，常对我说："和尚，快给我唱《葫芦歌》。"对了，说到这首《葫芦歌》，歌词是这样的——

在那房前面
悄悄种葫芦
种呀么种葫芦

葫芦藤爬呀爬

随着心呀摇啊摇

摇啊轻轻摇

此外还有这样的歌——

啊呀呀　好个漂亮的漆壶笠

这才是地道的河内阵特产

哎呀滚啊滚

哎呀哎哟哟

伤口裂开啦

小心点踩呀

哎哎哟

哎呀滚啊滚

哎呀哎哟哟

　　这样的歌谣还有很多，可如今我虽记得旋律，却已经记不全歌词，真是上了年纪，脑子不中用了啊！

　　我记得那会儿，正是信长公和长政公的同盟关系出现变化，开始兵戈相向的时候，具体是什么时间来着——啊，应该是姊川之战，也就是元龟元年那一年吧。关于此战，想必饱读诗书的各位都已知晓。此事似乎在我进城当差不久后就开始了，要说他们之间不和的开端，是因为信长公在没有告知浅井大人的情况下，就开始进攻越前，准备夺取朝仓家的领地。要说到浅井家和朝仓家的关系，在浅井家的上上代浅井亮政公当家时，就因朝仓家的援助，才得以振兴家族，此后更是一直蒙受朝仓家之恩。正因如此，当年跟织田家缔结婚姻同盟时，信长公才立下了绝不进攻越前的誓约，然而时间过去还不到三年，信长公不向本家打一声招呼就要自破誓言，着实是不可理喻。

"织田信长这家伙真是不能相信！"

早已隐居的下野守得知此事后愤怒不已，马上来到长政公殿内，把大小家臣集结在一堂商议此事。众人面前，久政公大为光火："信长这家伙，现在歼灭了越前，之后就要来攻打咱们的城了吧，就凭浅井家跟越前的深厚关系，咱们必须跟朝仓联合，击垮织田信长！"

长政公和家臣们听在耳畔，却一时无话应对。久政公的怒气着实可以理解，打破誓约的信长公有错在先，但是朝仓大人也利用两家之间的约定，对织田家做出了无礼之举。特别是信长公屡次上洛，朝仓家却一次都没有派出过使者，如此一来，连天皇殿下和将军大人都感到分外惶恐。再者归根结底，如果选择与织田为敌，即使跟朝仓家合力对抗，也完全没有打赢织田的可能性。还有不少家臣建议，眼下可以仅派千人的兵力去援助越前，这样事后跟织田家的关系也还可以修复，可听过这话的久政公却越发怒不可遏。

"你们这些没地位的武士瞎说些什么！就算那织田信长再凶神恶煞，我们也不能忘了朝仓家的世代恩情，对他们的困境不管不顾啊！如果真要做出那等见死不救之事，浅井家往后世世代代还有何颜面可谈，简直是一门之耻！老夫就算单枪匹马出阵，也绝不做无情无义的懦夫！"久政公气势汹汹地怒视着殿上众人如是说道。

老臣们则纷纷劝阻："久政公请勿冲动，三思后行啊！"

"你们是不是个个打算拦着老夫，逼我切腹自尽！"只见久政公全身颤抖，牙关紧咬。

人上了年纪，总是越发看重人情义理。久政公虽把老臣的话听在耳边，但他觉得其中不无家臣们长久以来轻视自己的偏见。还有长政公，他年少时讨厌自己特意安排的妻子，擅自做主离婚又迎娶了阿市，到现在久政公还对此事心怀不满。

"看见了吧，你就是因为违抗父命，才会落得这样的两难境地！事到如今，你对那个骗子信长还有什么好顾忌的？受了这等羞辱还忍气吞声，我看你是被漂亮夫人束住了手脚，不敢对织田家发威吧？"久政公的话语中不无对长政公的讥讽之意。

备前守大人默默听着父亲和家臣们的争论，忽然长叹一口气："诚然，父亲说得没错，我虽是信长公的妹婿，但浅井家世代蒙受的恩情比这层关系更重要，我明天就派使者把与织田立的誓约再送还回去。就算那织田信长的威势再猛如虎狼，只要我们跟朝仓家联合起来全力一战的话，难道还能打不过他？"

长政公果断地做了决策，至此群臣也只能一并下定决心，准备迎战。

然而此后每当商议战略时，久政公和长政公之间总要出现意见分歧，难以达成统一。长政公身怀名将器量，平日便是勇往直前的个性，他认为要想跟进攻迅猛的织田信长对抗，绝不能缓慢行事，先发制人反攻过去才是上策。相比之下，久政公年事已高，事事都求小心应对，但这反倒容易给自家招来不利局面。

"趁信长从越前退回京都，我们跟朝仓联手，攻入美浓国，占领岐阜城。如此一来，织田信长定要迅速赶回岐阜，但途经南近江时，那里有佐佐木六角氏据守，他断然无法轻易通过，在这段时间里，我们从岐阜返回近江，途中在佐和山前埋伏，准备给织田军致命一击，到那时织田信长的项上人头就是我们的囊中之物！"

长政公制定好战术之后，派使者去给朝仓送信，然而彼时朝仓在居城一乘谷的宅邸内，家中上下还全然没有紧迫气氛，朝仓义景公想着如果前往遥远的美浓国途中，被敌人前后夹击可就麻烦了，家臣们也都没有赞同长政公想法的，于是义景公回信道："此法不妥，我看不如这样，反正信长早晚会攻入你们小谷城，到时我再聚集兵力，前去支援。"如此一来，长政公的战略旋即成了无用之策，真是可惜。

长政公收到回信后想，朝仓竟会说出如此愚钝的话，这人的个性也可想而知，决策如此缓慢还想赢过机敏的织田信长，胜算恐怕连十分之一都没有。就因为父亲的命令而要跟这种没用之人联手，自己也真是倒霉。长政公暗自感慨不已，也正是从此时起，他似乎意识到浅井家还有自己都将命不久矣。

后来在姊川、坂本的交战中，有过一次休战和谈，但很快和议失败，织田军队开始一步步占领浅井家的领地。长政公不愧是名将，一切正如他当初预料的一样，短短两三年间，佐和山、横山、大尾、朝妻、宫部、山本、大嵩诸城逐渐陷落，主城小谷城周边防御尽失，敌军已然近在城下。

信长率柴田胜家、丹羽五郎左卫门、佐久间右卫门尉等名将，领军六万余人，把小谷城围了十层、二十层，连让蚂蚁爬出去的缝隙都没有留。当时仍叫木下藤吉郎①的太阁殿下，在

---

① 木下藤吉郎以及后文中提及的羽柴秀吉，均为丰臣秀吉的原名。由于丰臣秀吉出身于无法冠姓的下层阶级，仕于织田信长成为武士后，先是改名为木下藤吉郎。天正元年，织田信长击败浅井长政后，丰臣秀吉受封近江国今滨城主，此时他取织田家名将柴田胜家与丹羽长秀名字中各一字，创造出一个新姓氏——羽柴，名字亦变成羽柴秀吉。

距离小谷城仅八百多米的虎御前山建起据点，时刻观察城内状况。浅井家的家臣中虽然有不少优秀大将，但许多值得信赖的人也变了心，有降意的人渐渐变多，士气也日益衰弱。城中关押着做人质的女人、孩子，还有从近江各处被攻陷的小城中撤退而来的武士，人数比平日多出许多，最初大家还士气高涨，唱起"忧也一时，乐亦一时，醒来不过梦一场"的小调。然而战争没日没夜地持续着，不久后，在久政公父子的营寨里，据守中丸①的浅井七郎大人、玄蕃之助大人等人与木下藤吉郎暗中勾结，把敌军引入自己阵中，小谷城中顿时像熄了火一般。

这时信长公的使者来求见："说来我们之间失和都是因为朝仓，眼下我们已经攻破越前，拿下朝仓义景，对你们没有任何怨恨，你们对朝仓家也已仁至义尽。如果现在你们能主动撤退，交出小谷城的话，浅井家跟织田家毕竟是亲家，定然不会怠慢了你们，日后只要加入织田家麾下，尽忠职守，把大和一国分给浅井家也未尝不可。"

这着实是相当有诚意的指令。小谷城中有人高兴地认为这和谈来得正是时候，也有人觉得这并非出自织田大人的本心，他只是为了先救出妹妹阿市，再逼长政公切腹自尽。人们议论

---

① "丸"是城郭内部的区划单位。小谷城为梯郭式山城，其中的建筑群大致分为三处，久政公居住的小丸，长政公的中丸和本丸，大致为由高至低，一字排列。

纷纷，长政公则亲自对使者说："你们的意思我已知晓，承蒙织田大人厚意，然而事到如今，我还求什么流芳百世呢？不过是打算战死沙场。代我向你们大人问好吧！"最终，长政公全然没有接受织田大人的安排。

信长公得信后，觉得长政公是在怀疑自己，自己明明诚意相待，还望他不是真的求死，能放心地退出居城。如此，信长公再三派遣使者谈和，但长政公主意已定，不管来者如何劝说都不肯点头。

八月二十六日晚，长政公将菩提寺的熊山和尚请进小谷城，又在城中深处的曲谷一地，遣人雕刻好一座石塔，并刻上了戒名德胜寺殿天英宗清大居士，又在石塔背后的凹陷处亲笔题了祈愿书。二十七日清晨，城中的武士们被召集于此，由雄山和尚主持法事，长政公则坐于石塔侧旁，接受众家臣上香。家臣们原本都拒绝到场，但长政公一再坚持，大家也只好听命前来上香。至于那石塔，仪式过后就被悄悄搬出了城，在琵琶湖[1]深处，竹生岛以东八百米的一处瀑布下，被沉入了湖底。由此一来，目睹了此景的城中众人，终于下定了战死的决心。

那一年的五月，阿市夫人刚刚诞子，产后身体虚弱，休养

---

[1] 位于滋贺县内，是日本第一大淡水湖，与富士山一样被视为日本的象征。

了一月有余，那段时间我一直侍奉左右，为夫人按摩肩腰，陪夫人聊天解闷，排遣忧思。长政公在外是英勇大将，在家中对待夫人却极其温柔，白天他拼上性命征战，一回到家中则会愉快地跟夫人对饮，对她关怀备至，甚至会跟夫人身边的侍女还有我谈笑，仿佛那一刻他心里忘了小谷城外包围的数万敌军。

不过大名夫妇的关系如何，我们这些身边侍奉的人很难真正了解，但想来夫人夹在自己的兄长和夫君之间，心中定然痛苦万分。长政公也为了体谅夫人，不让她感觉两边为难，才特意如此表现，好让她宽心吧。

记得那时我去他们身边侍奉时，长政公总会对我说："和尚，这三味线听着也没意思了，有没有欢快些的下酒曲？你就跳跳《棒缚》①的那个舞吧！"

十七八的姑娘呀

好似竹竿上晾的软布

拉过来呀

真漂亮

拽过来呀

---

① 知名狂言剧目。讲的是主人家中有两个喜欢偷酒喝的仆人，太郎冠者和次郎冠者。一次主人出门时为防他们再偷酒喝，就将太郎冠者的双手缚于木棒上，而把次郎冠者的双手缚于背后，然而待主人离开后，这两人还是绞尽脑汁合作偷酒，喝到兴起时更是载歌载舞，终被主人抓了个正着。"十七八的姑娘呀……"即为剧中的一段唱词。

多可爱

小腰比线还纤细

若是搂进怀

多呀么多可爱

于是，我唱起这首歌，跳起笨拙的舞给大家助兴。这舞是我自己想出来的滑稽舞蹈，"小腰比线还纤细，若是搂进怀"，凡是看我跳到这一段的观众，大多会被逗得捧腹大笑。因我是个盲人，古怪的舞蹈动作中便藏了更多逗笑之处。当我听到身边响起热闹杂乱的笑声时，夫人的笑声也掺杂其中。"啊，夫人心情变好些了吧！"如此想着我就感到自己的工作也有了莫大的价值。然而让人难过的是，日子一天天过去，无论我想出再多有趣、好笑的余兴节目，也只能听到夫人隐约的笑声，直到最后，连那淡淡的笑声都完全听不见了。

一日，夫人因为肩膀酸痛不已，唤我到身边为她做按摩治疗，当我按揉到夫人的背部时，她坐靠在扶手椅上小憩起来，我本以为她已开始睡沉，却听到轻轻的呼息声不时传来。从前在给夫人按摩时，我还常常陪着她说话，然而近来夫人鲜少主动开口，只是任我在身旁恭敬地为她按摩治疗，这反倒令我非常不自在。盲人的直觉原本就比普通人要强，更何况我成日要为夫人按摩，对她的身体状况都有大致了解。也许是因为她心底的思绪自然而然地传达到了我的指尖，在静静按摩的过程中，我能感受到她阴郁的情绪正源源不断地从肌肤中涌出。

那时夫人二十二三岁，却已是五个孩子的母亲，她心地善良，又从未吃过什么苦，也不曾经历过什么艰难之事，因此说来惶恐，夫人的肌肤格外柔软，即使隔着花缎的衣裳，按摩时的手感与其他侍女也是天壤之别。如今她已是第五次生产，身体多少憔悴了些，但因为消瘦下来，她那副世间少有的纤细骨架，就更让我觉得不可思议。说实话我活到这把岁数，长年都是靠按摩治疗谋生，手下按过的年轻女子不计其数，却从未遇到过像夫人那样柔美的身体。不只如此，她的肌肤是那般光滑、细腻，无论是手还是脚上的肌肤都像是包裹着润泽的露水一般柔韧，我想那才真正称得上是玉肌。夫人自己说生产之后头发也少了许多，但在我觉得，垂在她背后的头发仍旧是那样浓密，若跟普通女性的相比，仍是羡煞旁人的发量。她的每一根发丝都如丝线般细致，芳香而厚重，划过衣裳时会发出沙沙的声响，长长地披散在整个背部，每当我为夫人揉肩时，总会不经意触碰到。

然而，这样一位高贵的夫人，在城池陷落之后，将遭遇怎样的命运呢？她那如玉般光润的肌肤，等身的乌黑长发，包裹纤细骨架的柔美体态，全部都要随小谷城的城楼一并化作轻烟逝去吗？如果说剥夺他人的性命是战国时代的常态，那么杀戮一位如此令人爱怜的美丽女性的规则又真的存在吗？信长公此时可曾想过救救这位跟自己拥有相同血缘的妹妹呢？唉，想来像我这样的人，即便再担心也帮不上什么忙，有缘能侍奉在夫人身边已是何等幸福的事，能亲手为她按摩治疗，每日为她缓解腰痛，我知道这就是我人生中最有意义的工作。只是一想到这份荣幸不知还能持续多久，我就觉得往后的日子全都没了盼头，心里突然痛苦起来。

正当我想到此处，夫人又轻轻地叹了口气，唤起我的名字：

"弥市。"

在城中，大家都喊我"和尚、和尚"，但夫人说"不能只叫他和尚"，便赐了我"弥市"这名字。

"弥市，你怎么了？"

我对夫人反复唤起的名字回了声"是"，心里一下紧张起来，夫人却对我说：

"你完全没用力气呀，再按得用力一些。"

"对不起，夫人。"

或许是因为刚刚心中不必要的忧虑，手上也不自觉地松了劲儿。听过夫人的话，我又集中精神，尽心竭力地继续为夫人按摩。只是夫人今天的肩膀格外僵硬，脖颈两侧鼓起的圆疙瘩像小皮球般大，想要把它们一点点按摩开，着实要费些力气。

看来我担心得没错，夫人心中想必痛苦不堪，她的肩膀如此僵硬，定是因为心中藏着许多烦忧，以至于晚上都没法好好休息吧，真是惹人生怜。我心下正如此想时，夫人又开了口：

"弥市，你打算在这城里留到什么时候？"

"是，夫人，我愿一直侍奉夫人。我这人愚笨，或许没什么大用处，但求夫人怜悯，若能留我在身边，鄙人感激不尽。"

"是嘛……"夫人如此应过，一时默不作声，"不过你也知道，城里过去有那么多人，不知不觉就少了一个又一个，如今已不剩多少人了。就连出色的武士都会弃主公而去，你并非武士又有什么好顾虑的呢？更何况你的眼睛不太方便，若是继续犹豫，早晚会伤到自己。"

"感谢夫人的关心，弃城而去也好，继续留着也好，都取决于人们各自的想法。我这眼睛若是能看见，或许还可以借着夜色逃出去，但现在城池都被包围起来，您就是让我走也已无路可逃。我虽是个普通的盲和尚，但也不想草率行事被敌军抓住重又被怜悯。"

听我说完这话，夫人没有应声，只有从怀中摸出怀纸的沙沙声传到我耳畔，她似乎是在悄悄地拭去眼泪。比起我自己，我更关心夫人今后有何打算，是要陪长政公直到最后吗？但是如果挂心五个孩子，她是否还有其他打算呢？我心中跟着焦虑不安，却也不可能直接发问，夫人也始终没再开口，见无话可接，我只好候在一旁。

这件事发生在供养那座石塔的两天以前，八月二十七日拂晓时分，长政公接受完武士们的上香后，又将夫人和孩子们唤去，就连身边的侍女和我都被叫了去。

"来吧，你们也拜一拜。"长政公如是说。

然而一到这种关键时刻，侍女们的悲伤又徒增一层。"啊，看来小谷城真的命数将尽，大人真的会战死吗？"思及此处，大家心中都迷茫无措，没有一个人愿意走上前去上香。

近两三日，城外敌军的攻势越发猛烈，交战日夜不停，不过今早敌军也多少放松了攻势，小谷城内外一片死寂，偌大的厅室中亦是鸦雀无声。时节正值仲秋，此地又是邻近北国的山上，我们在天色尚未大亮的时分就候在末席，萧瑟的风直把人吹得全身透凉，庭院里花草中的小虫，正唧唧地鸣叫不停。忽然，自大厅的角落传出不知何人的啜泣声，引得原本忍耐着不敢出声的众人，也跟着抽泣起来，抽泣声此起彼伏，就连年幼无知的孩子也大声哭了起来。

"你看看你，你是这里年龄最大的孩子，怎么能哭呢，我不是早就嘱咐过你了吗？"

即便在这种情况下，夫人也不慌不乱，用沉稳的声音斥责着茶茶公主，并叫来万福丸的奶妈，说："让少爷先上香吧！"

等万福丸少爷和今年刚降生的小公子先后上过香，夫人又对茶茶公主说："茶茶，到你了。"

"等等，你为什么不先上香？"然而就在这时，长政公突然厉声发问。

夫人虽然嘴上轻轻应着"是是"，却并没有真正应允的意思。

"这事我说过多少次了，你怎么还是不明白？这时候叫你来，是让你违抗命令的吗？"

长政公待夫人素来温柔，此时却故意厉声厉色起来。

"承蒙尊意，不胜感激……"

然而夫人已下定决心一同赴死，丝毫没有要起身的意思。

"你忘了你身为女人的职责吗？为我祈求死后的冥福，陪伴孩子长大成人，这不就是你身为妻子该做的吗？你要是连这个道理都不懂，往后万世我都不认你这个妻子，你也别当我是丈夫！"

长政公提高音量，猛烈地斥责了夫人。他威严凛然的声音回荡在大厅的每个角落，吓得在场众人不敢喘息，一时间全场沉默无声。许久我听到有衣服轻轻划过草席地面的声响，夫人终于不得不起身去为长政公上香。之后，茶茶长公主、二公主初，还有三公主小督才轮流叩拜上香，剩余的人也跟着一个接一个地上了香。

至于后来将石塔运出城沉入湖中的事，我之前已有提及。

在众人面前，夫人虽是默默听从了长政公的话，然而事后，她整夜泪眼婆娑地央求："大人您已决心自尽，为何要留我一人在世上苟活？以后世人会在我背后指指点点，说那就是浅井家的女人。这事我想想都觉得悔恨，还请让我追随您一同赴死吧！"长政公却丝毫没有要答应的意思。

第二天，二十八日巳时时分，织田大人派出的使者不破河内守三度到访小谷城，代为传达信长公的话："请重新考虑，现在还不愿做降臣吗？"

长政公回复说："承蒙信长公屡次招降，生生世世不会忘却。但是，我无论如何都要留在这座城中切腹自尽，只是妻子和公主们都是女眷，又跟信长公是血亲，还请容我之后将她们送回织田家，但求信长公有仁慈之心，若能饶她们不死并代为照料日后的生活，在下不胜感激。"

将这些话恳切地嘱托给不破河内守之后，长政公便遣其回去复命，打算随后再慢慢劝说夫人。长政公与夫人的感情原本就很好，他若决意要死，夫人当然是想一同赴死，这番心意又怎能去憎恶呢？

想来到今年为止，他们二人结为夫妇不过短短六年，而在此期间，世间又始终战乱不断，长政公有时要上遥远的京都，有时又要去江南出征，几乎没有一天能在城中悠然度过，因此夫人想跟大人同住莲台之上、永世相好的期望，也并非无理要

107

求。然而长政公同许多武勇之士一样，颇怀怜悯之心，要轻易剥夺年轻夫人的性命，他实在是不忍心，想着至少要竭力保她不死，也要为孩子们的未来多做打算。最终，长政公总算说服了夫人，让她同意了自己的计划，决定独自带着公主们回到织田家。

至于公子们，虽然尚在年幼，但若是落入敌人之手也是凶多吉少，长政公便将长子万福丸托付给越前国敦贺郡的熟人，趁二十八日夜深，让一位叫木村喜内之介的小姓①护送他悄悄出了城。小儿子则被安排送去本国的福田寺，同样是在这天夜里，由名叫小川传四郎、中岛左近的两名武士负责护送前往。这二人带着奶妈一道，先抵达福田寺附近湖泊的岸边，将船停靠妥当后，还在茂密的芦苇丛中躲藏了多时。

与此同时，二十八日一整夜，夫人跟长政公在城中交杯对饮，依依惜别，就在他们不断聊起往事之时，漫漫秋夜不知不觉迎来拂晓，终于到了分别的时刻。

当东方的天边泛起了白，夫人在城门口乘上轿，随后的三辆轿子里则分别坐上了三位公主和照管她们的奶妈，一位夫人出嫁时从织田家跟来负责内事的家臣藤挂三河守，带着兵将在队伍前后护卫，另有二三十位侍女一起跟着准备离开小谷城。

---

① 武家的职务名，在武将身边做各种杂役的人。

长政公一直送行到轿子边，那天清晨他身上穿的便是临终时的装束，黑色穿甲绳连缀的铠甲，搭配织金缎的裂裣。"以后就拜托你了，万望珍重。"就在队伍终于要出发的时刻，长政公的道别声中鼓足了勇气，听来明快爽朗。

"愿君武运恒昌！"

夫人则忍着不让泪水涌出眼眶，故作坚强地回应道。

车上的两位小公主还年幼不知事，此时只是偎在奶妈怀中，对眼前的情景懵懂不知，唯有茶茶公主频频回头看向父亲，哭闹着大喊"不要不要"。不管身边的奶妈怎么哄，她的泪都不曾停下，同行的人看到这一幕也跟着心伤。

这三位公主日后都经历了非凡的命运：茶茶公主成为丰臣秀吉的淀殿；初公主嫁给了京极高次，人称常高院；最小的小督公主后来更是成为将军家的夫人。如此人生境遇在她们离开小谷城的当时，真是难以想象。人的命运着实是捉摸不定。

信长公将阿市夫人和外甥女们迎回城时，容颜大悦。

"终于想通了，"他不失诚意地说，"我把劝降的话已说到那个地步，长政公却怎么也听不进去，他也算是个值得敬佩、爱惜名声的武士了。我本意虽不想让他们死，但那也是他身为武将的志气。你就宽恕他吧。你跟着守了这么久的城，想必也辛苦了吧！"

织田大人跟夫人到底是一家人，彼此间的情分不同寻常，这一番话中也并无不敬。他即刻将夫人一家托付给织田上野守大人，并吩咐务必要好好照顾。

从二十七日早晨开始，织田家虽已停止出兵，但眼下阿市夫人已被送回，便也无须多虑，只剩一鼓作气攻下小谷城，让浅井父子切腹自尽。信长公亲自登上京极丸[①]尾，对全军下令："全面出击，攻城！"只听军中响起"啊啊哦——"的激烈呐喊声，对小谷城的最后进攻开始了。

此时久政公阵中据守者仅有八百人，四面防御虽已加强，却完全无法抵抗一望无尽的敌军兵阵。柴田修理亮[②]大人率先攀上城墙，久政公见敌军正步步逼近，也知道到了最后关头。他派井口越前守先上前抵挡一阵，自己则切腹自尽了，负责介错[③]的是福寿庵大人。有位擅舞的鹤松大夫也在场，他说："承蒙久政公一直让我陪同，这次也请让我相伴吧！"之后接过酒杯一饮而尽，目送久政公自尽之后，又负责了福寿庵大人的介错，最后自己从铺席客厅退到木板走廊上，也切腹了断。此外井口大人、赤尾与四郎大人、千田采女正大人、胁坂久左卫门大人，亦均切腹自尽。

久政公年事已高，如此结局也实在让人唏嘘，但仔细想

---

① 京极丸位于小谷城中的小丸与中丸之间。此地把守兵力不多，占据即可阻隔久政公与长政公的军阵，利于逐个击破。

② 柴田胜家，日本战国时期名将，织田家的重臣。修理亮为其官职名称。

③ 指在日本切腹仪式中为切腹自杀者斩首，以免其受痛苦折磨。亦指执行介错之人。

想，一切都要怪他自己决策不利。在陷入如今的窘境之前，如果当时听了长政公的意见，不去协助朝仓大人就好了。他没有洞悉织田大人运势的眼力，又硬要坚守那没有价值的情义，最终落得悲剧收场，这又能怨恨谁呢？不只如此，关于作战中的随机应变、应战时机的决策，本已离世隐居的久政公偏要事事插手，妨碍长政公施展谋略，让本有胜算的战役也出现了延误，眼看着错失的良机更是不知有多少。

织田大人虽是拥有天魔之命的大将，但是如果能按照长政公的指挥行事，浅井家恐怕也不会落得这样的结局。浅井家第一代当家的亮政公，第三代的长政公，都是天下无双的出色武将，唯有第二代的久政公想法愚拙，思虑浅薄，最终为浅井家招来灭亡之祸。如此想来，长政公的命运才更显凄惨，如果武运顺畅，他本拥有取代信长公而一统天下的才干，如今却因遵从父命，亲手毁了自己的运势。连我在思及此事时都恨得牙痒，无法彻底释怀，那么在夫人心中，这种心情又得有多强烈呢？想来一切都是出于长政公的孝心，这事还真是让人难以评判对错。

久政公的守城陷落是在二十九日的午时时分，那之后柴田、木下、千田、佐佐手下的兵力汇聚一团，退守至本丸。①

---

① 本丸是整座城的中心内城，在守城战中为最后据点，是最重要的地方。

长政公仅率领身边的五百小姓出击，将敌军好一番折腾后又迅速撤退，敌军则燃起黑烟，拼命进攻，然而他们刚刚在城墙外搭起梯子就被推倒，一个都没能进入本丸。

直到二十九日入夜，敌军见攻城无效，只得停战休息，九月一日才又发起攻击。此时长政公尚不知道父亲已经不在人世，还向身边的小姓打问："下野守大人现在如何？"

"下野守大人已于昨日切腹自尽。"有人回答道。

"真是做梦也没想到，既然如此，我对这世间还有何留恋？只剩最后一战，以告慰父亲在天之灵，然后就追随他而去吧！"

长政公如是说，之后在巳时前后，他只带两百小姓便将蜂拥而上的敌人逐个砍倒，寸步不让。但是柴田、木下兵力众多，长政公终被团团包围，他带着仅剩的五六十余人一字排开，准备跑回本丸。然而就在此时，敌军已将本丸攻占，大门被从内部关紧，长政公只得逃往守卫在城门左侧的赤尾美作守大人的宅邸，终于切腹自尽，浅井日向守负责为其介错。

同行的众人中，以日向守为首、中岛新兵卫、中岛九郎次郎、木村太郎次郎、木村与次、浅井于菊、胁坂佐助等人也先后切腹了断。敌军按照信长公的吩咐，无论如何都要生擒长政公，然而多位知名强将拼命应战，没有给出任何活捉长政公的机会。等到织田军进入宅邸时，已只剩长政公的首级。

最后只有浅井石见守、赤尾美作守，及其儿子赤尾新兵卫这三人武运不济，蒙受了捆绑生擒之辱，被押送到信长公面前。

"你们啊，让你们的主公长政对我起了逆心，这些年来可让我吃了不少苦。"信长公对他们三人说。

石见大人是个刚毅之人，他说："我的主公浅井长政可不是像织田大人那样表里不一的人。"

信长公听后，立即大怒："你这种被活捉的武士，懂什么表里！"继而用长枪尖端的金属箍，向着石见大人的头部连戳了三下。

"对手脚被缚的人动手，你觉得解气吗？大将的品行还真是与众不同呀！"

因为说出这番令人生厌的话，石见守最终被斩首。

见美作守顺从地待在一旁，信长公开口道："你年少时就被冠上勇猛之名，被夸作勇如鬼神，现在怎么落得这种下场？"

"我是老了，竟落得如此结局。"

"饶你一命，提拔任用吧！"信长公下了命令。

"但求不死，别无奢望。"美作守回道，之后一个劲儿地请求引退。

"这样的话，就提拔你的儿子新兵卫吧！"信长公再次吩咐道。

这时，美作守回头看向儿子新兵卫，说："不行不行，你还是谢绝为好，不能被大人蒙骗了又暗自生愧。"

信长公大笑："老家伙，你少怀疑我！我难道像个骗子吗？"

之后他真的提拔了新兵卫。

阿市夫人听闻丈夫长政公自尽的死讯后，终日待在家中，为长政公祈祷冥福。一日，信长公来看望妹妹："你应该还有个儿子吧？如果他还在，我来收养他，把他养育成人，好让长政后继有人。"

最初，夫人弄不清兄长的心思，只回说："那孩子现在如何，我也不清楚。"

"长政虽跟我敌对，可孩子们有什么错？他是我的外甥，我是关心他才来问你的。"

夫人见兄长如此关心自己的孩子，便也渐渐安了心，把万福丸藏身的地点告知了信长公。

信长公立即派使者前往越前国敦贺郡，让他找到木村喜内之介，把公子带回来。然而喜内之介心生顾虑，便对来者说，自己已经自作主张杀了公子。但是此后织田家仍屡次派来使者，再三转达夫人的催促："兄长已屡次劝慰，如果把公子继续藏下去，也是辜负了他难得的好意。我自己也想早一天看到孩子平安无事的脸，还请尽快把他带来吧！"喜内之介虽对夫人的吩咐难以理解，但他思及公子的藏身之处已经暴露，最终还是陪同万福丸一起，于九月三日前往近江国的木之本。前去迎接公子的人是木下藤吉郎，当他把公子接回，向信长公报告之后。

"你把那孩子解决了，再把他的首级串刺①示众。"信长公竟如此吩咐。

这叫藤吉郎也感觉为难，他迟疑道："要做到那个地步吗？"不料却反遭信长公的呵斥，无奈之下，也只得依命行事。

长政公和朝仓义景大人的首级则被晒干又涂满朱墨，于第二年正月，被盛放在木方盘中当作下酒菜端至信长公手下的诸位大名面前。正是因为浅井大人，信长公过去才数次遭遇危险，他心中自然对长政公仇恨深重。但说到底，是他自己打破誓约在先，才引发了之后的变故。如果他至少能体谅妹妹的心思，也不至于对自己的亲戚那般残忍。特别是他还利用了亲妹妹的仁慈心，骗了阿市夫人，把她年幼的孩子刺死。这着实是过于残暴。想来天正十年的夏天，信长公之所以会在本能寺遭遇那场意料之外的灾难，恐怕不单是因为明智光秀一人的逆反，而是他身边众人早就积怨已久吧。因果报应还真是令人生畏。

---

① 像用签子贯通似的刺杀。

115

后来的太阁殿下——木下藤吉郎大人也正是从这时候开始发迹。这次攻下小谷城的战役中，以柴田大人为首的许多武将都功绩不凡，其中以木下藤吉郎的战功最为拔群，信长公也心情大悦，将小谷城、浅井郡、坂田郡的一半，以及犬神郡的领地分予他，封其为江北守。当时藤吉郎大人称小谷城兵力薄弱很难守住，便将居城移至我的故乡长滨城。那里从前叫今滨，此后就改名为长滨了。

　　此事且不详述，我在想秀吉公是从何时开始对小谷城中的夫人产生爱慕之心的呢？夫人准备离开小谷城时吩咐我说："我想带你一同走，但只能让你先自己逃出去，之后再来投靠我。"这话听来实在叫我感激不已，我原本已做好赴死准备，此时却又开始犹疑，于是混在夫人出城的队伍中一起出了小谷城。我在附近街市中躲了一两天，直到交战终结，我想着赶快回到夫人身边，便跑去上野守大人的阵地中，这时听到有人帮我说好话："他是夫人赏识的座头①。"

　　于是，我有幸没遭什么责难，再次侍奉在夫人身边。

　　后来秀吉公来看望夫人时，我常在身旁伺候。回想第一次见面，我在夫人旁边听到他自远处行叩拜礼，又彬彬有礼地自我介绍道："在下是藤吉郎。"夫人也客气地向他点头回礼，慰

---

① 指弹奏琵琶、筝、三弦琴，或以说唱、按摩、针灸为业的僧人打扮的盲人。

劳他上前线打仗的辛劳。

秀吉公说："其实这次在下并未立什么军功，承蒙主公嘉奖，受封了浅井大人的领地，承继长政公领地之人是我这样的武士，着实诚惶诚恐，日后我会事事依循老规矩来安定北近江，效仿已故大将的英勇。阵地之中恐怕多有不便，您身边是否还有什么欠缺之物？若有需要请随时吩咐。"

这话说得实在体贴入微，没想到秀吉公竟是这般亲切之人。特别是对公主们，他也疼爱有加，常来讨她们的欢心。

"这位公主是最年长的姐姐吧？来，让我抱一抱。"秀吉公将茶茶公主抱上膝头，抚摸着她的头发，询问着"几岁啦？""叫什么名字？"之类的问题。茶茶公主却没有想回答的意思，满是不情愿地被他抱在怀里。或许知道了他就是攻下父亲居城的人，幼小的心里也起了恨意吧，只见茶茶公主突然指着秀吉公的脸说："你长得真像猴子。"

这话叫秀吉公也略感尴尬："是啊，我长得是像猴子，公主你长得可跟母亲一模一样。"然后哈哈哈地笑起来，以掩饰难堪。

此后秀吉公也常常忙中抽闲来看望夫人，甚至还给公主们带来各式各样的礼物，对她们母女都格外关照。夫人似乎也被他打动了，还说："藤吉郎这人挺可靠。"然而我现在想来，当时的秀吉公恐怕早已被阿市夫人举世无双的美貌吸引，正暗自心怀爱慕。但夫人可是自己主公的妹妹，秀吉公当时身为一介家臣，对于自己触不可及的高岭之花，应该不会抱有非分之想。然而他毕竟是秀吉公，一旦有所属意就不会放弃。虽说他跟夫人的身份悬殊，但变化无常才是世间常态，特别是在战国时代，荣枯盛衰的剧烈变迁早已成为惯例。因此在过去漫长的岁月中，秀吉公可曾暗自期待过"能跟这位夫人"呢，英雄豪杰的内心，在下这等凡人虽难琢磨，但我总觉得这应该不单单是我的胡乱猜测。

说起来在信长公下达刺杀万福丸少爷的指示时，据说秀吉公的为难模样可是非比寻常。"饶那位年幼公子一命，会有何不妥呢？倒不如让他继承浅井大人的家名，施以恩德才是平定天下之根本，这才是仁义两全之举吧！"秀吉公如是做了种种谏言，但信长公始终不肯采纳，于是他说："如果您决意如此，请把这差事交给别人吧！"

见秀吉公一反常态，竟敢忤逆自己，信长公大怒："就因为这次立了军功，你就如此傲慢吗？我不需要你那无用的谏言，还有，你拒绝我的命令，让我交给其他人去做是什么意思？"

被劈头盖脸地斥责了一番，秀吉公只得悻悻退下，最终，还是由他亲手处死了浅井家的少主。

将事情前后联系起来看，秀吉公自从处死万福丸少爷以后，便一直遭受着夫人的憎恨，想必他心里也并不好受吧。而且他被命令使用的还不是普通的处死之法，不仅要被串刺至死，还要再示予众人，着实残忍至极。这差事偏偏被交到了秀吉公手中，该说是可笑，还是可悲呢？日后他又不得不与柴田大人争夺夫人，虽然两人没能成就姻缘，但最终他逼胜家公夫妇一同赴死，结下世代之仇，这一切结果的因都是从这时杀死万福丸少爷开始埋下的吧！

当时，为了不让万福丸少爷的死讯传入夫人耳中，信长公可谓吩咐周到，照理说不可能有任何一个人在夫人面前提及此事。但那毕竟是斩首示众，无数人看在眼里，难免有风言风语传入夫人耳中，又或是出于夫人自己的预感，总之不知何时起夫人感觉到公子遭遇了不测，她心中定然也在反复忧虑此事，因而此后秀吉公再度来访时，她的脸色都不甚和悦。

一日，夫人询问秀吉公："自那之后，越前那边一直没有消息，也不知公子现在如何？我近来总做些不好的梦，实在担心他。"

"这个……我也全然不知，现在再派使者去看看吧！"秀吉公若无其事地回道。

"但是，你不是说已经去接公子了吗？"夫人平缓的声音中不无尖锐。

据当时在场的侍女们说，夫人当时的脸色刷白，突然狠狠地瞪着秀吉公不肯放。此事过后，秀吉公跟夫人的关系便急转直下，日渐疏远。

再说信长公，他在极短的时间内先后击破数国，领土范围迅速扩张，奖赏功臣，惩处降职，信长公的家臣们各有所得。到九月九日时，信长公已回到岐阜城，欢度重阳佳节。重阳节宴席虽年年都有，但这个时节大名小名们会特意盛装打扮，带着贺礼前来赴宴，据说场面之华丽盛大，让人难以言表，瞠目结舌。

夫人称病，仍旧留在江北闭门休养，谢绝任何会面，但是在九月十日时，她终于打算回到尾张国的故乡清洲去。当时信长公已将岐阜的稻叶山城改为居城，但对夫人而言，宁静的清洲城才更适合她居住。由于夫人打算在回程途中顺道去竹生岛参拜，侍女们和我便跟随她，从长滨乘船前往。

那个时节，伊吹山上已白雪皑皑，湖面寒气弥漫，好在当天早晨天气晴朗清澄，想必远近群山都清晰可见，侍女们个个倚在船边，望着身后居住多年的土地依依惜别。回荡在空中的雁鸣声，海鸥的振翅声都惹得她们泪眼潸然，风中摇曳的芦苇声，水波之间跃动的鱼影，也一一撩拨着她们的感伤。

船向着竹生岛行进时，我忽然听到夫人的声音："先在这儿停一下。"正猜测是出了什么事时，便听得船头摆上了读经桌，夫人面朝湖面，双手合十，轻轻地念诵起佛经。看来这一带就是沉入长政公石塔的湖底所在。夫人说想到竹生岛来，正是因为打算祭拜长政公吧，其实之前我们也已猜测到了。

　　船随着波浪在原地轻轻摇摆，夫人点燃香，轻闭双眼，专心致志地为南无德胜寺殿天英宗清大居士祈祷。据说因为夫人合掌的时间过久，侍候在身边的人都开始担心——她会不会忽然翻过船沿，跟那湖底的石塔一样葬身此处呢？于是侍女从旁轻轻拉起夫人衣服的下摆。而那时的我，只是听着夫人手指拨动念珠的声响，又闻到曼妙的燃香气味袅袅飘过。

　　上岛之后，夫人在岛上闭居祈祷了一夜，翌日我们辗转至佐和山，休息过一两日再次出发，终于一路无恙无灾，平安抵达了清洲城。夫人故乡的乡亲们精心装饰了宅邸迎接夫人的归来，大家都称呼她为"小谷夫人"，招待极为周到，生活起居也从无不便。然而夫人终日只是默诵经文，祈祷公主们健康成长，除此之外再无旁事，也没有人来探访，已然过上了遁世般的孤寂生活。从前，夫人一直生活在众目之中，总会被这样那样的事分些心思，如今她几乎终日隐居在深宅中，过着枯燥的生活，就连冬日里短暂的白昼都变得相当漫长。如此环境自然会让夫人不断怀念起已故长政公的身影，回想他们一起经历过的大事小情，沉浸在再也回不去的过往中，日夜悲叹。

　　原本夫人就因生在武门，凡事都擅于隐忍，极少让人看到她落泪，但是如今追随在夫人身边的只剩我在内的几位，因此夫人才暂时放松下一直紧绷的心弦吧。正是在现在的情势中，夫人才能真正允许自己陷入悲伤，独自藏在无人的内室中，伴着回忆悄悄哭泣。我是在偶然经过走廊时才听到她的哭声，也难怪近来夫人衣袖被莫名沾湿的日子渐渐多了起来。

这样如梦般的日子过去了一两年，其间，每逢春日里赏花、仲秋赏红叶等活动开办时，大家都建议夫人一起去散心。"我不去了，你们去玩吧！"她却总是如此拒绝，独自活在浮世之外，唯有和公主们在一起时，她的心情才会得到一些慰藉，发出愉悦的笑声。幸而三位公主都健康成长，个子日渐长高，最小的小督公主也已经学会了走路，能咿咿呀呀地说些话。夫人将这一切看在眼中，心底想的却是，如果亡夫还在身边该有多好，结果又独自哀叹起来。

特别是身为母亲，夫人始终难忘万福丸少爷的死，那刻在心里的伤痛挥之不去。毕竟是因为她的考虑不周，才让孩子落入敌人之手，遭遇那种可怕的经历。骗了她的人固然可恨，但对于被骗的自己，她也是悔恨交加，这些情绪一直在夫人心中纠缠，直到现在也难以完全释怀。

还有，送去福田寺的小公子如今也不知道怎么样了。所幸当时安排妥当，信长公并不知道这孩子的存在，虽然暂逃一死，但分别时他尚未断奶，此后又无从打听是否安然无恙，夫人嘴上虽然不曾提起，但无论风雨，她没有一天不为此事忧心。也正因如此，夫人越发将身边的公主们视为世间珍宝，将对两位公子的疼爱也一并加到她们身上。

　　宰相京极高次公当时正是十三四岁的年纪吧，后来他虽成为信长公身边的小姓，但在元服之前，一直被寄养在清洲，时常会到夫人的宅邸中来。想必大家也知道，对浅井家而言，这孩子是他们昔日主公的血脉，是佐佐木高秀公的遗孤，可谓北近江的世家，若放在从前，这孩子可以成为半个近江国的领主。然而，由于他们的先祖京极高清出家退隐至伊吹山脚下，领地终被浅井大人掌控，京极家居于人下，只能勉强度日。直到浅井家的居城小谷城惨遭陷落时，信长公为让江北大名感恩于他，才专门将京极高次公叫到身边，提拔他做了自己的小姓。

　　在后来的天正十年六月，加入明智光秀的叛军，与安土万五郎一起攻打长滨城；以及在之后的庆长五年九月的关原之战①中，背叛大坂②一方，在大津城闭门据守，仅凭三千兵力击退了敌军一万五千人的都是这位公子。但是此时从他身上，还完全看不出日后会有如此蛮不讲理的性情。从年龄上来说，现在的京极高次本该是最调皮的年纪，但因为生在名门世家，自小又被调教得像个见不得人的孩子，故而他总会流露出一副胆怯的可怜相，即便在夫人面前，也极少讲话，一副乖顺老

---

① 广义的关原之战，指丰臣秀吉死后，在德川家康率领的"东军"和石田三成组成的"西军"之间展开的一系列战役。京极高次原本属于西军，后叛变加入东军。
② 即"大阪"，在明治维新之前一直写作"大坂"，维新后忌于"坂"字可拆为"士反"，有"武士叛乱"之讳，因此于明治三年（1870）改名为"大阪"。

实的模样，因此当我从旁侍候时，总是不清楚这孩子到底在不在场。

由于他的母亲是长政公的妹妹，他跟公主们便是表兄弟姐妹的关系，夫人就是他的舅母。因此每当夫人思念万福丸少爷时，便会怜惜起这孩子来，不仅满心同情地对他说："我会代替你的母亲疼爱你，有空的时候随时来这儿玩吧！"还曾夸赞他："这孩子虽不爱说话，但心思不乏成熟之处，一定是个聪明的人。"

至于他与初公主结为夫妻，则是七八年之后才发生的事，眼下的公主还年幼，大人之间也并未提及这些话题。然而比起初公主，这孩子当时其实是对茶茶公主暗生情愫，或许他每次到夫人这儿来，都是为了悄悄窥看长公主的芳容吧。自然，当时并没有人察觉出他的小心思。但他明明还是个孩子，却能表现出堪比大人的沉着，在夫人面前又总是沉默不语，毕恭毕敬，实在让人怀疑其中藏着什么缘由。若非如此，分明没什么特别有趣的事，这孩子为何总要到夫人的宅邸来呢？他心里若觉得待在这里无聊，就绝不可能一直耐着性子呆坐在殿中。然而只有我一个人觉出他的可怕之处，隐约嗅出事情不寻常之后，我曾悄悄对夫人身边的侍女们说："那孩子好像注意上茶茶公主了。"但大家都笑说这是我盲人的乖僻之词，没有一个人能把我的话认真听进耳中。

从小谷城陷落的天正元年秋天，到信长公去世的那年秋天，夫人一直居住在清洲，前后算起来有将近十年、整整九年的时间。正可谓光阴似箭，回首过去时这种感受更是深刻，加之我们过着远离乱世的安静生活，连何时何地在打仗都全然不知，这九年的光阴就显得更为漫长。在此期间，夫人也渐渐淡忘了悲伤，闲暇之时终于又抚弄起了琴。而我呢，抚琴唱曲本就是我的喜好，又可用来消遣散心，因此一有空闲，我就专心练习唱歌和弹奏三味线，磨炼相关技巧，为了更好地取悦夫人而发奋努力。说到唱歌，隆达小歌①正是从这时开始流行的，我记得一些唱词是这样——

　　哎哟哟，你呀你
　　是霜是霰，还是那初雪
　　良宵一夜共缠绵
　　你却融化要消失

此外还有这样的——

　　嫉妒的心呀

---

① 日本近世歌谣之一，由堺市的日莲宗僧人高三隆达开创。文禄、庆长年间流行于上方（京都及其附近区域），被视为近世小歌之先祖。

125

枕头扔过来

小小枕头呀

它可没有罪

除此之外，还有更古怪可笑的唱词——

送你一根腰带

你却将我责怪

嫌那腰带太软

这腰带若是软呀

你的肌肤岂不更软

　　等等，那时候我常常唱这些小歌①给大家听。虽然如今这
种曲调已经过时，但在那时候，它就像现在的弄斋调②一样，
流传得颇为广泛，不论社会阶层高低，人人都很喜欢唱。太阁
殿下在伏见城③观赏能乐时，隆达大人还亲自登台献唱，幽斋
公则敲打小鼓为他伴奏。

　　我在清洲时，隆达小歌才刚刚开始流行，最初不过是为了

---

① 指容易上口吟唱的、短小通俗的流行歌谣。
② 江户时代初期的流行歌谣，最初出现在京都的花街柳巷，据说是放荡和尚弄斋首先
唱起来的，后传到江户。
③ 丰臣秀吉晚年的居城，位于京都伏见区，又名桃山城。

给侍女们解闷，我会用扇子打拍，小声哼唱这些歌，等我教会了她们曲调之后，因为这些侍女格外喜欢我上述提到的古怪唱词，便会让我和着旋律一起唱，她们则听得咯咯大笑。如此一来，这歌竟传到夫人耳中，她还对我说："你也唱给我听听。"即便我劝说"这实在不是能让您入耳的东西"，夫人还是坚持说"定要唱唱"，此后我便常常在夫人面前唱起这些歌。

"快活的春雨呀，请你别把花淋落"，夫人对这句唱词很是喜欢，常常让我演唱这一段。总的来说，比起欢快的旋律，夫人更喜欢沉静忧伤的小调，比如——

　　阵雨啊飘雪

　　纷纷自天降

　　好似我心念君心

　　泪眼常潸潸

还有一首是——

　　我的思念呦

　　别让他知道

　　佯装不惦念

　　可别真忘却

不知为何，这两首歌的唱词像是看透了我藏在心底的思绪，每当我专注地唱起这些歌时，丹田深处就会涌出不可思议的力量，不知不觉地便在曲调的抑扬顿挫间放满了感情，就连声音也会变得越发润亮，因而听众们常常感动不已，这也让我再一次把自己歌声中的巧妙之处听得入了迷，同时，就连心底那些介怀之事亦暂时化作了云烟。另外我还琢磨出三味线版本的曲谱，并在唱词中间添加了有趣的间奏，让这歌听起来越发深情洋溢。这些话听来，或许像是我的自夸之词，但将这样的小歌配合三味线来演唱，皆是起于我的随意摆弄，如前所述，当时用鼓来打拍子伴奏才是寻常做法。

话题似乎不小心转移到了游艺上，不过我一直觉得，天生有副好嗓子，能把歌唱好听，实在是种无与伦比的幸福。就像隆达大人原本是堺市的药商，正因为擅长唱歌，才能被太阁殿下召见，由幽斋公打鼓伴奏，成为当时世间闻名的歌者。话虽如此，这位大人可是开创了一种全新歌谣流派的名人，与他相比，我这等小人物实在是不值一提，但在清洲生活的十年间，我能朝夕侍奉在夫人身边，共赏风花雪月，曲乐风流，承蒙夫人的格外恩惠，这多少都是托了喜欢音乐的福。

人之所望各有不同，很难说哪种最为幸福。或许有人会同情我的境遇，但对我而言，再没有比这十年更愉快的时光。因此我并不羡慕隆达大人那样的人生。你若要问为什么，因为我能施展琴技为夫人伴奏，又能献唱夫人想听的歌，缓和她心中的忧愁，还总能得到她的赞赏。这远远比太阁殿下的称赞更让我心满意足。若是再想到这也是托眼盲所赐，即便如今我年岁老矣，也丝毫不曾为自己的残疾感到遗憾。

世间有句谚语："蚂蚁心诚可通天。"我虽是个可怜的盲和尚，忠诚之心却与常人并无不同，为了治愈夫人的哪怕一丁点儿辛劳，我都会拼尽全力取悦她，倾注真心地侍奉左右。也许因为我诚心向神佛祈愿，不，未必只因此，那时的夫人渐渐丰满起来，之前一度消瘦不堪的身体，终于又不知不觉地恢复到从前娇嫩水灵的状态。

刚刚回到清洲故乡的那段时间，夫人的肩骨与最上边的肋骨间，有了明显的肩窝，且凹陷得越来越深。有一阵子，她脖颈处瘦得只有从前一半粗细，整个人都日渐消瘦下去。每当我为夫人按摩治疗时，她总在默默掉泪。让人庆幸的是，在清洲住到第三、第四个年头时，夫人终于一天天一月月地长起了肉；到第七、第八年时，已经比在小谷城期间变得更为娇媚而光彩照人，完全不像生过五个孩子的女人。

听侍女们说，有段时间夫人的圆脸瘦成了瓜子脸，近来脸颊才又渐渐饱满起来，加上两鬓散落着一两缕绾不上去的短发，更显风情万千，不可方物，就连女人见过都神往不已。夫人的雪白肌肤本就是天生丽质，再加之长年累月待在照不到日光的深宅之中，肌肤色泽就像深层积雪一般，变得越发清澈通透。据说在黄昏时分的昏暗角落中，陷入沉思的夫人脸色之白，甚至会让过目之人感到毛骨悚然。

对拥有出众直觉的盲人而言，往往靠手感就能区别出事物间的不同，因此不必听别人如何谈论，我也清楚夫人的肌肤是何等白皙。不过同是雪白肌肤，身份高贵的夫人之肤白又格外与众不同。况且夫人年近三十岁，随着年龄的增长，姿容出落得越发超群，相貌日益秀丽，一头黑色长发像能滴出露水一般，还有那好似芙蓉般优雅的装扮，再加上丰满柔软的婀娜身姿，让人感觉柔软的绸缎衣裳随时都会从她身上滑落一地，至于其皮肤之纤细滑润，竟比年轻时更胜一筹。

然而，如此美丽的夫人却早早落得孤身一人，不得不收敛起日渐耀眼的姿色，夜夜在孤枕独眠中重复着凄凉的梦，也实在是令人唏嘘。

虽说长在深山中的花儿比田野中的更芬芳高雅，但除却春日落入庭院啼叫的黄莺，秋日里浮满山头的月光，再没人见过珠帘深处的夫人。若是有人曾目睹夫人的芳容，即便他不是秀吉公，心中也定会燃起烦恼的火焰吧。总而言之，人世间的命运常是这番模样。

就这样，那时候的夫人终于又开始期待百花开放的春天再度来临，尽管她心中并没有彻底忘却昔日的痛苦与悔恨。我之所以这么说，是因为那次前所未有也不会再有的经历——一日，我在给夫人做按摩治疗，同时也陪她闲聊，夫人不知哪儿来的劲头，谈起许多出乎我意料的事。那天，夫人起先是从未有过的心情大好，她回忆起在小谷城的事，有关长政公的事，又给我讲了许多其他的昔日往事，其中就提到某一年信长公与长政公在佐和山城初次见面的故事。

据说那是夫人刚刚完婚不久的时候，大约是在永禄年间，当时佐和山是浅井家的领地，信长公从美浓国出发来访，长政公亲自到磨针山口①迎接并带路进城，一番寒暄后，便奉上盛宴款待。第二天，信长公说："如今天下大事当前，四处奔走也是浪费时间，这次不如就将此城暂借于我，由我来做东还礼。"如此，长政公和久政公便一同应邀，在城中接受了宴请。织田大人此行带来的赠礼有一文字宗吉的长刀，大量的金银，还有送给一众家臣的马代②。浅井大人的回礼则是浅井家祖传的备前兼光③锻造的宝刀、定家卿④在藤川所著的近江各名胜地的和歌集，此外还有桃花色马驹、近江棉等各种各样的丰厚礼

---

① 位于滋贺县彦根市北部的山口，所处位置是旧中山道鸟居本宿东北山路的难行处。

② 武家之间，代替赠马而赠送的金银。

③ 兼光是南北朝时期备前的刀匠，是当时长船锻冶的头领，自古以来作为宝刀名匠而闻名于世。

④ 指藤原定家（1162—1241），镰仓前期歌人。曾奉后鸟羽上皇敕命编撰《新今和歌集》，另编撰有著名的《小仓百人一首》。

品，连随行的人也分别获赠了全新的长刀和短刀。

夫人为了见见久未谋面的兄长，也跟着从小谷城来到这里，信长公见到妹妹亦是心情大悦，将浅井大人的老臣们也一起请上殿来，说："诸位听好！你们的主公如今已是我的妹婿，我们两家的大旗将飘扬在整个日本国的土地上，各位只要尽忠职守，必定人人都能升为大名。"

酒宴持续了一整日，当晚这三人亲亲密密地一起进了内室，而后织田大人一行在佐和山城逗留了十日有余。其间的宴席上，满是在佐和山的湖里下大网捕获的鲤鱼、鲫鱼等难以计数的鱼烹制的佳肴。一切都让信长公很满意，因为这些全是在美浓国难得一见的名产，织田大人还说走时定要带一些回去。终于到了他们回国的前一天，浅井大人再次设盛宴饯行，诸事圆满顺利，信长公踏上归程。

"那个时候，内大臣[①]大人和德胜寺殿的感情真的很好，两人有说有笑，我看着别提多高兴了。"夫人把当时的事细细地说与我听，"现在想来，那十天是我过得最幸福的一段时间。看来人的一生中，真正开心的时光并没有很多啊！"

那时候，夫人还有家臣们完全想象不到，织田家和浅井家日后会出现不和，每个人都在祝福两家兴盛千秋万代。关于长

---

① 指织田信长，他于天正四年（1576）十一月，叙任正三位内大臣。

政公赠送给信长公的那把兼光宝刀，后来似乎在世间引发了诸多非议。这些闲话缘何而起呢，据说那把刀是浅井家的先祖亮政公珍藏的宝刀，人们觉得就算有天大的喜事，把那样贵重的祖传珍宝送给别人家也实在不合理法，长政公当时那么做，简直就是浅井家被织田家灭掉的先兆。然而这不过是后世附会的歪理，长政公当时会送出那样珍贵的礼物，都是因为他将夫人及其兄长视为不一般的亲人吧！说什么浅井家是因此事而遭遇灭亡，那完全是故作博学之人在事后的妄自评论吧！

我把自己的想法说给夫人听后，她也认同道："你说得没错。一边是妻舅，一边是妹婿，说什么消灭与被消灭，会顾虑这些事才不对。对内大臣而言，他当时只带着寥寥数人从美浓国远道而来，还要经过不知是敌是友的土地，这实在不是能轻易成行的事。面对这份诚意，德胜寺殿不过是回以一件重礼，从他平日的秉性来看，这实在很寻常。"

这之后夫人又说："不过当时的众多家臣中，也有莽撞之人。我记得那人好像是叫远藤喜右卫门尉吧，那时我们刚刚返回小谷城，他从后边骑马赶来，背着我对殿下耳语：'织田大人今夜在柏原留宿，不妨趁此良机杀了他。'长政公听后，只是笑说：'你这人真是说些蠢话。'并没有听取他的建议。"

那时候，长政公送信长公至磨针山口，分别之后，他又派远藤喜右卫门尉、浅井缝殿助、长岛九郎次郎三人，继续护送信长公到柏原。织田大人一到柏原，就进入常菩提院留宿，还说那儿是长政公的领地，丝毫不必担心安危，并遣护卫的武士们去街市上投宿，只把贴身的小姓和值班的人留在身边。

远藤大人见状速速掉头，快马加鞭奔回小谷城，避开旁人，悄悄向长政公禀报，并再三谏言："在下仔细观察了信长公的举止状态，他对事物之警惕，好似在枝头攀爬的猴子一般，明察秋毫之处则犹如观看镜中映影般轻而易举，将来必定是位令人生畏的大将，因此，日后大人跟他的关系定然不会一直如现在这般融洽。今晚信长公看起来毫无戒心，投宿之处只有十四五人守卫，在下认为现在是取他性命的最佳时机。还望主公迅速决断，调集兵力，把织田大人主仆杀得片甲不留，然后立马闯入岐阜城。如此一来，美浓国和尾张国也将是浅井家的掌中之物。接下来，若能趁势驱逐江南的佐佐木氏，再举旗京都，成功征讨三好氏的话，执掌天下，不过是转眼之间！"

当时长政公则回道："但凡武将之身，皆有规矩要循，以谋略去征战虽没有错，但是对信任我而来的人暗中突袭，实在是胜之不武。信长公现在放松防备，留宿在我的领地里，若是抓住他的大意之处，置于死地，就算一时获利，最终也会遭受天谴。我要是想灭了他，之前在佐和山就能动手，但我厌恶那种不义之举。"

远藤见主公无论如何都不肯接受自己的提议，只留下一句话："既然如此，在下再无计可施，但您日后定有后悔之时。"
之后他又返回柏原，若无其事地款待宾客，翌日，继续将织田
一行安全送抵至关原。

夫人把此事详细地讲给我听后，又说："不过现在回想起
来，远藤的话其实很有道理。"

然而说出这话时，夫人的声音忽然颤抖起来，听来有些异
样，我心下跟着猛然一惊，慌张开来。

"就算一方再讲情义，另一方与之相反，也是无济于事。
难道为了夺取天下，就必须做那些禽兽不如之事吗？"夫人自
言自语似的说完这话，便一言不发的像是有意屏住了呼吸。

我感觉情形不对，停下了正在按摩夫人肩膀的手，说道：
"请恕我直言，在下理解您的心情。"语毕，我不由得向夫人
行了跪拜礼。

夫人则像无事发生过似的，对我说："辛苦了，你退下吧！"

我急匆匆退到隔壁房间，然而就在那时，只听得纸拉门后
忽地掠过一丝抽泣声。

分明到刚才为止，夫人的心情还很好，不知何时却忽然变
了神色，还说出方才那番话，实在让人不知为何。最开始她只
是聊些昔日往事，渐渐聊起了兴，结果把那些本不该再重提的
事也回忆起来了。夫人本不是会向我这种卑微下人吐露心声的
人，平日里她凡事都藏在心底，这次恐怕连她自己都没想到会

不小心将心声脱口而出吧。离开小谷城已近十年，在那儿度过的时光却扎根在夫人心里，忘也忘不掉，尤其是她对兄长信长公竟然憎恨到那般地步。原来，一位遭遇过夺夫杀子的母亲的恨意是如此深沉，此刻我才第一次有所体会，而这份可惜与可怕混杂的情绪，竟使得我一时间全身颤抖到无法停止。

除此之外，夫人也聊起许多住到清洲之后的事，一一讲来太过冗长，暂不再述。还是让我说说因为信长公的意外被害，夫人竟又一次缔结了婚约的始末吧！

想来不用我特意介绍，关于信长公的逝去，大家也都非常清楚吧。那场发生在本能寺的夜袭是在天正十年①壬午年六月二日，不管怎么说，这场意外政变的发生，是任何人做梦都想不到的。而且政变当天，连织田大人之子城介②大人所在的二条御所也被明智光秀举兵包围，城介大人最终切腹自尽。当世人得知织田父子接连逝去的消息后，举国上下一片哗然。

当时，织田大人的次子北畠③中将大人正在伊势国，三子三七④大人则跟丹羽五郎左卫门大人同在和泉国的堺港，柴田、羽柴等大人也都带军到远方出征，留守在安土城的蒲生右

---

①　公元 1582 年。
②　秋田城介，即织田信长的长男织田信忠。
③　即织田信雄。1569 年，织田信长以“将次子织田信雄作为北畠具房养子”为条件，成功掌控了伊势国。后来以本能寺之变后的清洲会议为契机，他才改回本姓织田。
④　即织田信孝，织田信长第三子，幼名三七。

兵卫大夫只能凭有限兵力，保护城中的织田夫人和侍女们。

蒲生大人让武士骑上无鞍马，到城下①去四处通知："不必惊慌，不要骚动。"但是街上的百姓们还是哭嚷着："明治军就要打来了！"个个惊慌失措。右兵卫大夫大人起初还下定决心要固守在安土城中，后又觉得坚守到底未必可靠，于是立刻改变了主意，赶忙带着织田大人的夫人和侍女们出了城，撤退到自己的居城日野谷去了。这是六月三日卯时发生的事，据说到五日时，日向守②已抵达安土城，轻而易举便占领了城池，更将大量原封不动留在城中的家具和金银财宝据为己有，还分给了手下的众多家臣。

安土城已是如此光景，岐阜和清洲也都流传开明智光秀是否会来攻城的猜测，从上至下，人心惶惶。在此期间，前田玄以斋大人护送城介大人的夫人和公子，从岐阜城逃到清洲来。这位公子正是信长公的嫡孙，日后官至中纳言，他当时年仅三岁，被唤作三法师，跟母亲住在居城稻羽山城内。城介大人切腹自尽时，给玄以斋大人留下遗言，说妻儿继续待在岐阜危险，嘱咐他尽快带他们逃到清洲去，于是玄以斋大人即刻逃出京都，亲自抱着公子来到了清洲。

---

① 以封建领主的居城为中心，在其周围发展起来的城镇被称作城下町。关于城的概念，中日存在一定差别，日本所谓的城是只供主君居住的地方，百姓住在城外；而中国的城中，还住着在这里做买卖、生活的百姓，兼具"城"之防御功能和"市"的交易职能。
② 明智光秀的官职名称。

与此同时，明智光秀的军队已攻陷佐和山、长滨等城，掌控近江国一带，并开始逼近蒲生大人据守的日野城。北畠中将大人打算赶去营救，一路从伊势国攻至近江国，怎奈途中到处在闹暴动，实在难以继续进军，一时竟手足无措。最终，三七信孝公和五郎左卫门尉大人领兵合力赶往大坂，打败了日向守的女婿织田七兵卫大人。

日向守听闻此事后，将日野城交给明治弥平次，于十日返回坂本①阵营，十三日进军山崎展开决战。到十四日时，秀吉公已抵达三井寺，将日向守的首级与尸体拼合起来，放置于栗田口示众。

关于这场胜仗，实在值得大书特书，虽然在整场战役中三七大人、五郎左卫门大人、池田纪伊守大人各自都与秀吉公联手立下战功，但其中尤属秀吉公对毛利军的应对堪称神速，他于十一日清晨便抵达尼崎，进退应变之快简直鬼神难测。日向守起初对此事一无所知，仍向山崎派兵布阵，后来听说秀吉公的军队早已抵达，才慌慌张张地重新调配兵力。就这样，秀吉公自然成为总大将，速战速决打下胜仗，威势瞬时大增，同门之中竟无人可与之比肩。

不久后，秀吉公击败明智光秀的消息也传到了清洲，人们

---

① 即坂本城，明智光秀所筑之城，是位于近江国滋贺郡坂本的一座平城。

138

一时间放下心来，个个欢欣鼓舞，不多日，各地大小名都聚集到了清洲城中。那时，安土城已被明智光秀的余党放火烧尽，岐阜城也是空无一人，而清洲城毕竟是从前的居城，且三法师也在此地，于是大小名主们都先赶到清洲来拜见。

特别值得一提的是，当时征战在外的修理亮胜家公，在越中国外听说本能寺发生政变后，马上与对手上杉景胜公讲和，为了主公的复仇之战，匆匆奔赴京都，然而途经柳濑时，便得知了日向守已被歼灭的消息，便又立即掉头赶至清洲。此外还有三七信孝公、丹羽五郎左卫门尉、生田纪伊守大人父子二人、蜂屋出羽守大人、筒井顺庆大人等大将，到十六七日时已全部聚集到清洲。秀吉公收敛了留在京都的亡君遗骨，又顺路回了一趟居城长滨，不久后也赶到清洲。

信长公在世时，将居城从清洲迁至岐阜城，又从岐阜城迁到安土城，之后就很少再回清洲，长久以来清洲都冷冷清清，眼下有如此多身份显赫的家臣们聚集于此，着实是久违了。以柴田大人为首，曾跟随信长公的劳苦旧臣们，如今都已是一国一城之主，多数大人更是拥有数国领土的大大名，他们身着绮罗华裳，带领着随从队列，络绎不绝地抵达清洲城，城下顿时人山人海，气氛肃穆庄严，亦给人安心可靠之感。

各位名主集结城内之后，从十八日起开始聚集在大厅内展开商议，他们谈论的具体事项我并不清楚，只知道似乎是关于已故主公的继承问题，以及各个领地的分配问题。然而名主之间的意见多有不合，总难达成统一意见，商议持续了数日，每天都进行到深夜，时而还会出现激烈争论。按理说，三法师少主是织田家的嫡系传人，但怎奈尚且年幼，因而有人提议让北畠大人继承为好，正因如此，各项事宜才始终难以谈妥吧。最终，家督之位还是由三法师来继任，但是柴田大人和秀吉公从最开始就意见不合，事事都争论不休。这是因为秀吉公在这次的战役中军功居首，不少家臣在心底都是支持他的，另一边的胜家公则是织田家中的长老，除去信长公的兄弟姐妹，他的座位一直居于最上，凡事都要给在座的家臣们施以威仪。尤其是关于领地的分配问题，胜家公独断专行，把丹波国分给秀吉公，自己却要下了秀吉公的领地——近江国长滨的六万石①土地，这也成了他们两人之间日后仇恨深化的根源。不过表面虽是如此，真正的原因其实是他们一人都对阿市夫人抱有恋慕之心，都想跟夫人结为连理。

此前，胜家公一到清洲就会来拜见夫人，并奉上殷勤的问候，之后他就秘密拜托三七大人从中牵线。一日，三七大人来到夫人殿前，提出与胜家公再婚的事。夫人心中也清楚，不

---

① 石，容积单位，1石等于100升，大名、武士的俸禄单位。源自"石高制"，即日本战国时期，不按面积而是按法定标准的产量来表示封地面积的制度。一般石数超过一万的就是大名。

管怎么说，自己一直是依靠兄长过活。兄长在世时，虽然对他心怀憎恨，但如今兄长已逝，也唯有哀叹不已。夫人忘却过去的恨意，一心为信长公祈祷冥福，自己往后的境遇如何并不要紧，只是一想到三位公主的前程，她便不知该依靠谁才好，心里想必是一筹莫展。如今，夫人得知了胜家公的深情厚谊，是否也心生一丝喜欢呢？就算尚未到那种程度，也未必觉得厌恶。但是一来，夫人仍想为已故的德胜寺殿坚守贞节；二来呢，她作为小谷城主的遗孀，现在却要嫁给织田家的家臣，这些事都让夫人有所顾忌。就在她尚未拿定主意的时候，秀吉公那边也向她表达了同样的心意。也不知这一次是由谁来说媒，我想大概是北畠中将大人吧，北畠大人跟三七大人是同父异母的兄弟。不过两人虽是连枝，关系却并不好，一边倚仗胜家公的威势，另一边则在协助秀吉公。

关于其中细节，我也实难说明，不过侍女们常常私下议论此事，偶尔还会传到我耳中。"——这么看来，夫人还在小谷城时，秀吉公就对夫人心生爱慕了，那时候他总盯着夫人看，咱们还真没猜错。"她们如是说着，并自觉得很有道理。话虽如此，十年以来，秀吉公征战不断，常是早上冲破一垒，傍晚又要歼灭一城，在如此忙碌的征战生活中，他仍会一直思念夫人的芳容吗？在过去，他们两人虽有身份高低之别，但在此前的山崎之战中，他为故去的主公报仇雪恨，往后若进展顺利，假以时日定是执掌天下之人，因此现在正是向夫人表露心意的时机。然而，不只秀吉公如此，连外表看起来英武刚硬的胜家公都在心中藏着对夫人的柔情爱意，这实在是我万万没有料想到的。又或者这不只是出于胜家公的真心，也是他跟三七大人的合谋，他们早就看穿秀吉公的心思，因而有意要牵制他也未可知。我想这个原因应该是多少占了几分。

不过，不管柴田公对秀吉公的再婚是否有影响，秀吉公跟夫人的再婚之事，都没有谈成的可能。夫人听到这一提议之初回应道："藤吉郎是打算让我做妾吗？"随之表露出难以置信的神情。

秀吉公身边确实早有了朝日夫人，就算两人真的结为连理，秀吉公承诺会平等对待正妻跟夫人，但妾到底是妾。信长公虽已辞世，当年攻陷小谷城时立下最大军功，又将浅井大人的领土全部夺走的就是藤吉郎，悄悄将万福丸少爷串刺至死的人也是藤吉郎。他事姑且不论，藤吉郎的这些所作所为实在令人憎恨。想来夫人是将对兄长的恨意转移到了秀吉公身上吧！更何况夫人身为织田家的女儿，怎么可能嫁给一个家世不明的暴发户当妾呢？如果余生终究是不能一直守寡的话，比起秀吉公，选择胜家公才是合情合理。如此这般，夫人虽还没有下定决心，但城中已然隐约有了这样的传闻，此事也进一步加剧了秀吉公和胜家公之间的不和。

对胜家公而言，他觉得自己才应该是为先君报仇的人，故而对抢夺了自己功绩的秀吉公心怀嫉妒。而在秀吉公，他对胜家公既有爱情上的嫉妒，又怀着领地被夺的旧恨。因此当两人同堂列席时，也始终对彼此心怀怨恨，如果一方发表了什么观点，另一方就定然反对，彼此怒目相视，争执不下，甚至从信长公的儿子、兄弟到其他诸位大名，都分为柴田派和羽柴派。

　　一次在众人聚集商谈的过程中，柴田三左卫门胜政大人把胜家公悄悄唤到了隐蔽处，耳语道："趁现在把秀吉杀掉，留着他定无益处。"

　　但胜家公说："眼下正当我们拥立少主之际，同门相杀，恐要沦为众人笑柄。"最终没有采纳胜政大人的建议。

　　不知是不是听闻了此事，秀吉公也警惕起来，晚上常常出去如厕，丹羽五郎左卫门尉则趁此时候在过道等候，他叫住秀吉公："如果您志在天下，现在就当除掉胜家公。"说了跟胜政大人嘱咐胜家公一样的话，然而秀吉公反问为何要与他为敌，同样没有采纳这一谏言。

　　不过，秀吉公或许也觉得在此地久留无益，会议一结束，他就趁夜色悄悄离开了清洲，经过美浓国的长松，回到了长滨城，姑且算是无事收场。

　　不久后，三法师少主被送至安土城，由长谷川丹波守、前田玄以斋大人守护左右，成人之前便一直待在近江国，获领地三十万石。清洲城被分给北畠中将大人，岐阜城则被分给三七信孝公做居城，诸位大名彼此交换了坚决的誓约后便各自回国，夫人再婚一事则到那一年的深秋时分才终于确定。由于亲事是由三七大人从中说媒，因此夫人跟胜家公分别从清洲、越前出发，前往岐阜城举办了婚礼，之后两人带着公主们回到了北国之地。

关于夫人再婚前后的事，不同人群中流传着各不相同的传闻，我作为夫人嫁去越前的随行队伍中的一员，还是大致了解那时的真实情况的。流言都在说，当时秀吉公听说夫人要出嫁后，称要让胜家公回不了越前，便下令让军队出兵至长滨城，在途中等待胜家公的队伍经过；但也有传闻说池田胜入斋大人出面说服阻止了这次行动；还有人说这些都只是毫无依据的传闻。但事实上是秀吉公的养子羽柴秀胜公代替他去了岐阜城，并在典礼上致贺词："家父秀吉公今日有事在身，不能前来祝贺，稍后他会在柴田大人回国时，于途中候驾，敬上一杯以表祝贺。"胜家公听后也欣然应允，约定之后参加秀吉公的宴请。然而，大队人马突然从越前赶来迎接，像煞有介事地一番相谈之后，他们向秀胜公派出使者，婉拒了宴请，当晚匆匆出发回了北国。至于秀吉公是否设了什么计谋，我所知道的不过是以上这些。

话说回来，夫人是带着怎样的心情下嫁的呢？总之，再婚的婚礼就算再华丽，心中也会生出落寞。听说夫人嫁进浅井家的时候，典礼也办得格外盛大奢华，如今她已年过三十岁，历尽了大大小小的艰辛之事，又要带着三个孩子，踏上冰天雪地的越路。①也不知是什么因缘巧合，连此次行走的驿路②也跟从前嫁去浅井家时走的是同一条，从关原进入江北之地时，不知是否会经过自己怀念的小谷城一带呢？然而初次来这里时，还是永禄十一年辰年的春天，如今十五六年的时光逝去，眼下虽是秋天，北国已是一派冬日景象。更何况此行是在深夜匆忙出发，没有任何华丽排场，身边的侍女们还要被秀吉公的军队会在途中把夫人抢走的谬传搅得心慌意乱。若说此趟行程中的另一个大困难，就是好巧不巧地遭遇了伊吹风③，越往前走，寒气越是逼人，途经木本、柳濑一带时，还下起了雨夹雪，艰险的山路上，人和马的呼气都能冻成冰，公主们和夫人的心中想必颇为不安。

像我这样的人，在旅途中要应对的不便尤其多，经受的辛苦也多过常人，不过这都不值一提，我更担心的是夫人，她要在如此寒冷的天里，翻过一山又一山，前往一个未知国家的此后的命运又将如何呢？我能做的唯有在心中为夫人默默祈

---

① 指通往越国的道路，越国被划分为越前、越中、越后三个令制国。

② 沿途设有驿站的大道。

③ 冬天从伊吹山（位于日本滋贺县）刮下来的寒风。

祷——希望他们夫妻二人能相敬如宾，这一次定能家族永享兴盛，白头偕老。

所幸胜家公是位意外温柔的大人，并未忘却夫人是自己已故主公的妹妹，对她珍爱有加；加之他是夺秀吉公所爱，因而对夫人也是格外疼惜。住进北之庄城①后，夫人也日益放下拘束，对于胜家公的关怀，一一欣然接受。北国之地寒风四起时，夫人殿中却是温暖如春。如此看来，夫人的再婚也是值得的，就连跟在她身边的下人们也时隔十年终于愁眉舒展，然而这样的日子不过是昙花一现，那一年还没过去，战争又开始了。

起初，胜家公想跟秀吉公冰释前嫌，重修盟好。与夫人办过婚礼后不久，他就派日后的加贺大纳言利家公、不破彦三大人、金森五郎八大人，以及养子伊贺守大人作为使者，前往上方②面见秀吉公。

"我们同门家臣之间起矛盾，实在有愧于先君的亡灵，希望今后能密切往来。"

秀吉公听过这番话后也心情大悦，说自己亦有此想法："特意派使者前来，实不敢当，修理亮大人既是信长公的老臣，我又怎会违背他的意思，从今往后，万事敬候吩咐。"秀吉公一如从前，措辞毫无疏漏，对诸位使者一番盛情款待之后，才送

---

① 柴田胜家在越前的居城。
② 指都城方面，包括京都及其附近地区。

他们返程。

如此一来，不必大人们说，连我们这些下人也明白，两家之间终于和解，不必再担心有坏事发生，夫人往后也定会安然无事，为此大家心中都松了一口气。然而不出一个月，秀吉公率领数万人出兵江北，将长滨城远远围住。据说这是秀吉公精心制定的策略，不过也有人说，这其实是秀吉公对北之庄城的将计就计。因为越前所处的北国之地，冬季大雪不断，根本无法出兵。因此胜家公只好表面采取和议姿态，私下则跟岐阜城的三七大人商议好，等到来年春天积雪化尽，再联合兵力攻去上方。

不过，哪位大人要用哪种战略，我等下人不可能悉数了解，只知道当时长滨城中本有胜家公的养子伊贺守大人据守，然而因为他平日就对胜家公心怀怨恨，于是马上就投降于秀吉公，将长滨城交了出去，这也让上方军队如潮水般轻易打进美浓国，攻到了岐阜城下。

彼时北之庄城内不断传来战事的紧急报告，但外边尚是十一月的极寒天气，满眼望去尽是茫茫白雪，胜家公每日都凝视着天空，心中遗憾万分："难道我被秀吉那个猴子骗了吗？如果没有这大雪天，就凭我的武略，击溃上方军简直比以石击卵还容易！"他恶狠狠地踢着庭院地上的积雪，咬牙切齿地如是说，夫人见状亦跟着提心吊胆，身边的人们也都被吓得战战兢兢。

羽柴军队势如破竹，将美浓国攻下大半，短短十五六日间，就让岐阜城变成毫无防御的裸城。无奈之下，三七大人只得拜托丹羽大人，向秀吉公传达投诚之意。看在他毕竟是先君连枝的分儿上，秀吉公便饶了他，只是说："请把令堂留下当人质。"于是三七大人的老母亲被送去了安土城。至此，秀吉公大胜，带兵返回了上方。

纷纷乱乱中，天正十年结束，新年终于到来，然而北国依旧寒冷至极，大雪全然没有要停的意思，胜家公刚骂过一句"那狂妄的猴子"，转而又将雪视为眼中钉，咒骂着"这可恨的雪"，成日心急如焚，就连贺新年的庆典都只是走了走形式，丝毫没有喜庆气氛。秀吉公那边则谋划着要趁大雪未尽的时节，将支持柴田的大名们一一讨伐，于是新年一到就再次率军向伊势国开拔，攻进泷川左近将监大人的领地，频频发起对战。

此时的北国虽看似平静，但只要大雪一融化，跟上方军的战斗必定立刻开始，因此城中正忙于备战，人人看起来都心神不安。这种时候，我什么忙都帮不上，只能百无聊赖地呆呆缩在火炉边，因此也从早到晚地越发担忧起夫人来。啊，真是的，现在这个状况，胜家公一定没工夫跟夫人平心静气地说说话吧。夫人的生活好不容易又安稳下来，谁承想又遇到这种事，如此看来也许一直待在清洲可能会更好呢，只希望胜家公的盟友们都能打下胜仗，否则这座城池也会变成战场，落得跟小谷城同样的命运吧。有此担心的可不只我一个人，侍女们也是一聚到一起，就会谈论起这个话题。"不会不会，咱们家的大人怎么可能输呢？快别杞人忧天了。"大家还会像这样彼此安慰。

也正是在这段时期，有一天，京极高次公忽然逃到北之庄城来投靠夫人。当年在清洲时，高次公还尚未元服，如今却已出落成一位优秀青年，若生逢盛世，眼下他定已成为一位出色大将，然而谁承想他会背叛信长公的昔日恩情，跟叛徒惟任日向守①结盟，成了天地不容的大罪人。秀吉公对他展开猛烈追捕，高次公只得在近江国中东躲西藏，如今江北又起了战乱，他实在是再无容身之处，便想到来找舅母求助。此行他只带了随从一两人，披蓑戴笠，遮掩行踪，冒着大雪翻山越岭逃来越前，据说抵达城中时，人已憔悴得不成模样。

"恕外甥冒昧叨扰，能否给我这逃兵一个藏身之地？这条命是生是死，全听舅母大人的发落！"

高次公在夫人面前如是说，夫人仔细打量着他的样貌："你啊，做了那等卑劣之事。"而后一时无话，只是默默地落了泪。

---

① 指明智光秀，惟任是其赐姓，日向守为官职名。

不过那之后，不知夫人是如何劝说胜家公的，我想无非是帮高次公求了情，他虽是明智光秀的残党，但眼下被秀吉公追赶至此地，大人听后或许也心生怜悯，准许他留下，高次公便住进了城中。

高次公和初公主那场只有家人出席的婚礼也正是在这时举办的，关于此事，我还从一位侍女那儿听到一个不知是真是假的有趣传闻。她说，高次公确实是属意于茶茶公主，然而茶茶公主说："我讨厌浪人①。"得知自己被厌恶，高次公才不情不愿地娶了初公主。其实茶茶公主自小就有高傲之处，再加上小小年纪就由母亲一人抚养长大的缘故，为人是相当任性，虽然能料想到她会说出那种话，但是被藐视为"浪人"的高次公，心中想必格外失落吧！

在后来的关原之战中，高次公会转投关东军，或许就有难忘此时遭受的羞辱，仍对淀殿②心怀怨恨的缘故。虽然这可能只是我的胡乱猜测，但他逃到北之庄城来，与其说是为了投靠舅母，不如说是因为思恋幼时在清洲一见钟情的茶茶公主吧。若非如此，他的亲妹妹嫁给了若狭国的太守武田大人，他又为何要跑到越前来呢？这里的舅母只是没有血缘的亲戚，而且现

---

① 指日本幕府时代失去主家，没有俸禄可拿，四处流浪的武士。
② 浅井茶茶被丰臣秀吉纳为侧室后，在她怀孕的次年，秀吉在山城国筑造了一座淀城赐给茶茶，由此她便有了"淀殿"这一称号。

在已经再婚，高次公身为明智光秀的残党，根本没有投靠柴田大人的道理。如果眼下他一条路选错，说不定就会被斩首示众，愿意冒着生命危险，穿越茫茫雪地逃到遥远的北国，正是因为思念幼时玩伴，是为了茶茶公主才会如此拼命吧！尽管如此，他的期望落得一场空，实在是可笑至极。高次公原本并没有迎娶初公主的意思，一切都是时运作祟吧，如今这两人只是先定下了婚约，因此虽说是举办了婚礼，其实只有家中的至亲出席。

这场战乱时期的难得喜事发生在正月末或二月初的时候，那时佐久间玄藩①大人已作为胜家公的先锋，率领两万骑兵，穿越雪地，攻向江北。秀吉公从伊势国的军中赶回长滨城后，翌日清晨迅速换上步兵打扮，仅带十来个老将上了山，打算仔细探查柴田军设立的各个要塞。

"看样子，那边可不容易攻破，我们也得巩固城防工事，静候时机，除此之外别无他法。"于是秀吉公下令加强防御，暂不急于进攻。

就这样，两军持续对峙，三月过去了，到四月份时，胜家公终于领兵向柳濑进发。此时的北国早已是樱花零落的暮春时节，这是夫人嫁到越前之后胜家公的首次出征，因此她格外用

① 即佐久间胜政，织田信长的家臣，柴田胜家的外甥。因作战勇猛而被称为"鬼玄藩"。

151

心地准备了干鲍鱼片、捣栗子、海带①等下酒菜，在主殿之上一起庆贺大人的出征。

胜家公容颜大悦，一饮而尽："我们要一战制敌，拿下藤吉郎的首级，这个月内就打到京都去！各位就静候捷报吧！"

胜家公语毕便向中门走去，夫人也一路送行到那里，当时柴田大人以弓为杖，立于门侧，正要上马之时，那马却忽然一声高鸣，据说夫人见状，脸色大变。

彼时，岐阜城中的三七大人再次与上方军为敌，以策应柴田大人，几日后，据说大和的筒井顺庆大人也做好了倒戈的准备。秀吉公虽然是谋略过人，但若说到勇猛善战，胜家公才是声名在外，特别是身为织田大人的家老，连众多大名都归服于他，以前田利家为首，佐久间、原、不破、金森等诸位可靠的武将在胜家公的带领下迎战秀吉公，然而谁能料到他们竟会经历那般惨烈的败仗。

柳濑、贱岳之战的经过，想必连三岁小儿都已熟知，事到如今我也没什么好再讲的，只是反复想来都让人觉得遗憾的是，玄蕃大人的疏忽大意。当时，如果他能听从胜家公的命令，迅速撤军，加强防御的话，不多久筒井顺庆大人就会率兵

---

① 这是庆祝出征的宴席上，为祈祷武运长久、旗开得胜常备的三种菜式。其中捣栗子的"捣"字的日文发音"かち"和胜利一词"勝ち"的发音一致，故用于庆祝出征、胜利和过年等时。

出击，美浓的盟军也会赶来增援，若是配合顺利，对战结果不知会有何变化。

当时，胜家公曾从本营派出高手骑兵做使者多达七次，想必他们都对玄藩大人做了再三劝说。然而玄藩大人却说舅父年老昏聩，全然不听从命令，致使那样优秀的大军终被秀吉公轻易击溃。从本营到玄藩大人的要塞之间，绕远路有五六里远，但径直抄近路的话不过才一里地。据说胜家公当时气愤异常，既然如此，他又为何不自己亲自跑一趟，把玄藩大人押回本营呢？这实在不符合他一贯的暴烈性情。虽说那时的胜家公并非真的年老到昏聩，但刚刚娶了美丽的夫人，心思果然多少有些松懈吧。如我这般的小人物都因为心中过于悔恨，禁不住想要说出这番恶言恶语。

四月二十日，北之庄城内传来"佐久间玄藩大人攻陷敌军要塞，取得中川濑兵卫尉大人首级"的捷报，城中人人大喜，觉得这是个好兆头。然而就在当晚，在江北地区，自美浓路绵延的海路与崇山峻岭之间，忽然出现了火把的光点，火光冲天，竟让二十日的下弦月都显得暗淡无光，同时火把的数量仍在渐渐增多，那场面好似万灯会①一般壮观，据说那是秀吉公彻夜从大垣策马疾驰而归。二十一日拂晓时分，余吾湖的彼岸

① 为忏悔或报恩，点燃许多明灯作供养的佛事。始于奈良时代，以东大寺、高野山的万灯会最为有名。

153

忽然起了骚动，来报称玄藩大人的军阵也陷入危险。

这一天的未时过后，使者回到本营，不久后战败的武士便陆陆续续地逃回居城，我方已败北至此，大人的武运似乎也要走到尽头。城中上下一时惊慌不已，人人心中都猜测着是否大人已打了败仗。当天傍晚，胜家公回到城中时已是惨不忍睹，他将柴田弥右卫门尉大人、小岛若狭守大人、中村文荷斋大人、德庵大人等人召到面前说：“就因为玄蕃盛政没听我的命令，竟酿出这等过错，老夫一世功名毁于一旦，这都是前世的因果吧。”此时大人已做好战死准备，表现得从容自若，格外镇静。

听说因经历了混战，公子权六大人至今生死未知，当时胜家公在柳濑营中正准备一死。“还请大人先撤回城中，也好安静了断，这里就交给我应对吧！”毛受胜介大人起身自荐，胜家公随即应允，将五币马标①交给胜介大人后，在利家公的府中城内用过汤泡饭，便匆匆奔回了北之庄城。

利家公提出要陪胜家公回城，并已一同启程，却被强硬谢绝，途中又折返回去。然而不多时，他又被胜家公唤了回来：“你跟我不同，你与筑前守②从前就交好，你跟我的誓约也已经履行到头，以后还是跟筑前守和好，守护好自己的领地才要

① 在战场上，武将为了识别敌我及显示自己的存在而使用的标志。
② 丰臣秀吉的官职名称。

紧。此次你这般尽力助我，胜家甚为感激。"胜家公说完这番话，便愉快地告别了。

此事发生在二十一日的傍晚，到二十二日，堀久太郎大人领头阵，率上方大军步步逼近北之庄城，秀吉公也终于抵达军中，在爱宕山上向全军发出指令，将北之庄城围得水泄不通。

到此时，城中的所有人都知道已到了最后关头，因此即使见到敌军围城，也并未出现骚动。胜家公在前一晚召集家臣，说："我将在城中迎战敌军，全力一战，然后切腹自尽，有人愿意随我留下，那就尽管留下。但我知道你们中还有父母健在的，有把妻儿留在家中来当差的，你们完全不必顾虑，赶快回到乡下老家去，哪怕多牺牲一个无罪之人都绝非我本意。"

语毕，胜家公送走了那些要告辞归乡的人，又将人质们一一赦免放走，最后留在城中的人尽管不多，但都是将名节看得比生命更重的人。特别是弥右卫门尉大人、若狭守大人等名将，想来都无须我过多介绍，此外还有若狭守的儿子新五郎，他那时不过十八岁，原本因病在家休养，却乘着轿子赶到北之庄城，在城门上留书："小岛若狭守之子新五郎，十八岁，因病不能出征柳濑，今日固守城中，但求忠孝两全。"

还有位更年轻的大人——佐久间十藏，他当时年仅十五岁，是利家公的女婿，家臣们劝他说："你年纪尚小，府中城

155

有你的岳父大人坐镇，还请悄悄退到那边去，不必一起受守城之苦。"

　　然而佐久间十藏大人说："不不，我自小就被收养，是大人将我养育成人，还赐给我那么大的领地，这养育之恩是其一；如果我不是利家公的亲戚，还能为了给母亲尽孝，继续活下去，但若要依靠岳父的恩情苟活，我以为那不过是怯懦之举，这是其二；如果我玷污了家族世代的英名，那就是对祖先的不敬，这是其三。就凭这三条理由，我才说定要去一起守城，战死的准备我早已做好。"

　　此外还有城中守卫松浦九兵卫尉大人，他是法华宗的信徒，自己建了座小庵，供了一位上人①住在里边，当这位上人得知松浦大人要去守城时，说："你与贫僧在此世的因缘不佳，来世定要再一同修行，让我报谢恩德。"随后他不顾松浦大人的劝阻，也前往城中据守去了。

　　还有位名叫玄久的开豆腐店的人，他从前跟胜家公一起长大，因为在一次战役中受了重伤，便对胜家公说："我这身体怕是再难为您尽忠，就请同意我的请辞，我打算不做武士，去做点小买卖。"

　　"好吧，那你就开个豆腐店吧！"胜家公当时如是答道，

---

① 对智德兼备的僧侣的敬称。

156

此后每年都会发给他一百袋大豆。

"这次也让我随您一起吧，来世我再为您做豆腐吃。"玄久专程从街市上跑进城中。

又有跳舞的若太夫、山口一露斋、右笔①上坂大炊助大人，这些人也都一起留在了城内。

其中也有对生命恋恋不舍之人，德庵大人是柴田大人身边的和尚武士之一，跟文荷斋大人一样闻名于世，但听说他偷偷带着利家公的人质逃出了城，打算去投靠府中，却被怒骂是"忘恩负义的家伙"，终究没能接近利家公。也不知那之后他的境遇如何，总之世人都不再与他为伍，听说有人曾在京都的街上见到他流浪的身影，看起来已是落魄不堪。

说起来还有一位村上六左卫门尉大人，他当时身穿白色寿衣一同守在城中，胜家公命令他带上自己的姐姐末森殿和女儿逃出城去，但村上却回说："请您吩咐别人去吧！"

"不行，我就是要让你去，你现在逃出城去，才是忠义之举。"听胜家公这样说后，村上六左卫门尉大人才终于陪同主公的两位亲族，无可奈何地逃往竹田乡下。到了二十四日申时，当他望见天守阁上浓烟四起时，竟然跟大人的姐姐和女儿一同自尽了。

---

① 日本武家的职务名称，掌管文书、记录。

我还能记得的事不过是以上这些，这些大人在当时就被世间广为称赞，想必各位读者也早已熟知吧。他们之中的任何一位，都是流芳百世、值得钦佩之人。

啊，您问我当时如何？在下无法效仿这些出色的大人，当年小谷城陷落时，我这条本该舍弃的性命有幸留了下来，事到如今，我对尘世已没什么留恋，此刻人虽是留在城中，但说实话，夫人的命运如何我还无法预知，还是先陪伴她度过这危急关头再说吧！

我这样说或许显得有些卑鄙，从前在小谷城，持续了六年的姻缘，最终是因为要照顾年幼的孩子，夫人才跟长政公阴阳两隔。而这一次，夫人嫁到北之庄城还不满一年，或许还要经历一次夫妻死别。但是为何没有听柴田大人说起此事呢？就连敌军的人质他都能赦免释放，他与夫人虽是夫妇，但缘分如此短浅，难道是打算让对自己有大恩的先君的妹妹和侄女们随他一同赴死吗？还是说，他无论如何都不想将心爱的夫人拱手让给秀吉公呢？堂堂胜家公到了这种关头，应该不会如此懦弱，很快他就要对夫人说些什么了吧？我之所以会这样想，并不是希望自己能得救，而是因为早已在心中做出决定：我这条命是生是死，全取决于夫人是存是亡。

二十二日清晨，当第一声鸡鸣响起，敌军渐渐逼近城池，城外的街道上，到处是火光飘摇的景象，大量的黑烟涌入天空，遮蔽了日光，据说从城中向四周望去，目之所及皆如雾海一般，什么都看不见。上方大军趁黑放轻手脚，悄悄地拿起街上的竹捆、草席、门板等物，偷偷地向城池靠近，不久后，当外面稍稍变得明亮了一些时，只见密如蚂蚁的敌军已围至护城河畔。

城中虽然不断向外放枪，将靠近的敌军悉数杀尽，然而总有新的兵力源源不断地补充上来，城中是拼死防御，城外却也是坚持逼近，两边势均力敌，丝毫不见溃败之势。就这样，一天下来两军都是死伤无数，暂时停战。

翌日二十三日黎明时分，敌军进攻的战鼓声突然消失，一时鸦雀无声，城中之人正摸不清状况时，只见护城河对面出现了五六个骑马武士，大声喊道："公子柴田权六大人，还有佐久间玄蕃大人，昨晚已被我们生擒，真替大人惋惜啊！"听到此话后，城中所有人瞬间泄了气，之后不过是勉强去加强城门防御，枪打得也不如之前顺利。

其实，我当时在心中暗暗期盼着，秀吉公应该就快要派使者来了吧，如果他还挂念着夫人的话，一定，一定要派什么人来啊！果然如我预想，就在这时，出面调停的人出现了。

那位被派来的使者是叫什么名字来着？我虽然已经忘却，但清楚记得那人不是武士，而是位上人。据他带来的口信说："自去年以来，筑前守因不得已的缘由，要跟柴田大人开战，幸而武运昌顺，才能围攻至此地。回想从前，大家一同侍奉总见院①大人，有着同辈交情，因此并没有打算要取大人性命。虽然侵犯了修理亮大人的领地，但胜败乃兵家常事，请把一切看作运气轮转。至今为止的怨恨就一笔勾销，可否请大人交出这座城，退居到高野山下去呢？如能应允，就送给您三万石的领地，终生享受俸禄。"然而不知此话是否出于秀吉公的真心。

"筑前守大人打算生擒阿市夫人，是时候使出最后手段了。"其实不只是我军，就连敌军中也不乏这样的传闻，因此没有人认真听取这番调停的话。

更何况柴田大人听过使者的话之后，对上人大发雷霆："想让我投降？真是个无礼之人！胜负自然是时运之事，还用得着他教我。我若是武运昌盛，又怎会反被那个猿面冠者②逼得无路可走，还要切腹自尽呢？就因为佐久间玄蕃不听我的命令，在贱岳延误了时机，被那猴子得了胜，实在是叫人懊悔不甘！这次我定要在天守阁放火自尽，也好给后世做个榜样。城中有存了十几年的炸药，把它们点燃，定会死伤无数，到时让你们的大军退得远一些，我并不想胡乱杀生。回去把我的话转告给秀吉！"语毕，大人立刻起身离去，使者见状再无话可说，匆

① 织田信长逝世后的戒名为"总见院殿赠大相国一品泰严尊仪"，因而其手下武将在谈及昔日主公时，会称呼他为"总见院"。
② 丰臣秀吉年轻时的外号。

匆逃出了城。

听过这番话后，我知道自己人生中唯一的依靠也终于要倒下，心中顿感悲恨交加，如此结局实在残酷，夫人性命不保竟已成了定局。既然如此，我便追随夫人一起渡过冥河，永远侍奉在她身边吧。只愿来生能生得一双好眼睛，好将夫人美丽的容颜悄悄藏入眼底。对我而言，唯有夫人才是真如①之月影。我在心中做好了这番准备，这种想法成为胜过一切的善知识②，走上死路反而成为我心中的期待。

大人也说了这样的话："沦落到这般境地，我也着实遗憾，但事到如今再说什么都已无用，今夜还是跟大家尽情共饮，待明日黎明降临，我就随那拂晓一同消逝吧。"随后大家分头做好准备，在天守阁等各处要地都堆好如山的枯草，以备关键时刻能马上点燃。

待各项准备完毕，大人吩咐道："来，把所有好酒都拿出来！"

就在人们准备酒宴之时，外边已迎来暮色，敌军阵营似乎也已看明白城中人的决心，开始逐渐放松包围，退向很远的后方去了。

"咦，敌军的营火看起来已走远，不愧是秀吉，明白我的

---

① 佛教用语，指作为存在的终极形象的真理本身。

② 佛教用语，指引人进入佛道、觉悟的僧人或友人。

心思。"大人沉静地说道，他的声音跟平日不同，听起来意味深长。

酒宴大致从晚上酉时开始，自不必说，大人也吩咐把好酒送去了各个瞭望楼中，还让后厨尽力准备出上好的下酒菜，于是数不尽的美味佳肴被端上宴席，席间大人们各自成群，喝得尽兴。特别是在城中大厅里，柴田大人坐于上台①的毛皮坐垫上，夫人并排陪在大人身侧，公主们则坐在夫人旁边，在低一阶的房间里，文荷斋大人、若狭守大人、弥右卫门尉大人等名将都在此列坐，大人先是向夫人敬了酒。

"负责家务的人也都上来吧！"随后，大人又下了这般难得的命令。

侍女们和我这样的下人都一起留在宴席上作陪，大家毕恭毕敬地待在大人们身边。在场的每个人都知道今晚就是最后的宴席，于是柴田大人还有各位武将都身着华丽的铠直垂②，佩有长刀等气派的武器，个个威风凛凛。侍女们也在今天穿上了各自的靓丽衣裳，听说夫人今晚的胭脂、白粉、发油等也特意比平日施得更浓，贴身的白衣外穿的是白绫质地的小袖和服，系厚板丝绸③的金线腰带，又罩了金银五色浮纹花样的唐

---

① 指房间内地板高出其他部位的地方，用以设壁龛、博古架，抑或作为贵人的坐处。

② 套在铠甲里面穿的直垂（武士礼服），多用锦缎等制作，精美华丽。

③ 用熟丝作经线、生丝作纬线织出底纹的结实丝织品。因室町时代从中国输入的锦缎和绸缎曾卷在厚板上而得名。

织①打褂②。

大人将酒敬过一巡后，对众人说："光喝酒不说话，心情只会更消沉啊。明天就是告别这尘世的日子，只顾阴郁消沉，可会变成敌军的笑话！今夜我们要尽情作乐，让那敌军阵营也吓一跳！"

话音刚落，远处的瞭望楼上立即响起鼓声，砰、砰、砰的声响回荡四方。

人生在世啊

痛苦只到明日

相聚趁今宵

送君千里

今日举杯

聊慰我心

不知是谁跳起了舞，又唱起了欢快的歌。

"哎哟，被他们抢了先，我们也不能输啊！"大人说着，随即先唱起了《敦盛》③中的歌："人间五十年，若与天相

---

① 指从中国传入的织物，亦指仿中国风的织物，如金线花锦缎、绸缎、绫等。
② 穿在系腰带的和服外边、长下摆的小袖和服。是室町时代中后期武家女子的礼服。
③ 日本传统能乐"幸若舞"中的名篇。"敦盛"即指平敦盛，他的悲剧故事在日本广为流传，曾被诗歌、小说、戏曲等多种文艺形式改编和吸收。

较……"

这是过去总见院大人格外喜欢的歌，特别是在桶狭间之战时，他还亲自唱过这首歌，之后成功击败今川军一战成名，对织田家而言，这是首非常吉利的歌。

"人间五十年，若与天相较，如梦亦似幻，可有生而不死身。"

此刻，柴田大人声音嘹亮地唱起这歌，不由得回忆起主公在世时的往事。他感慨世事变迁之无常，不禁落下眼泪，在座的武士看到这一幕，也情不自禁地将铠甲的袖管掩上了泪眼。

这之后，文荷斋大人、一露斋大人先后献唱，若太夫大人也为众人起舞，在推杯换盏之间，还有许多身怀高雅技艺的大人都展现了纯熟的表演，献上自己的最后一支舞、最后一首歌。大家都尽情享酒玩乐，夜色越深，酒宴越发热闹非凡，毫无结束的迹象。

"梨花一枝春带雨，春带雨……"

忽然，一阵美妙动听的歌声响起，在座的大人们顿时悄然无声，定睛一看，歌者是一位叫作朝露轩的法师武士。这位法师擅长各种各样的技艺，琵琶、三味线等乐器亦是信手拈来，我早先就向他请教过，因而深知他指尖奏出的抑扬顿挫是何等精确，但是此刻他是在演唱一首关于杨贵妃的歌——

"梨花一枝春带雨，春带雨。太液芙蓉未央柳，对此如何不泪垂？六宫粉黛无颜色，无颜色……"

原来他的演唱技艺亦是精湛过人。我想朝露轩大人原本并无此用意，但是身为听众的我，深深觉得他正在歌唱的就是夫人的容貌。啊，如此倾世的花样美貌，也要在今晚凋谢散尽吗？直到此时此刻，我的心底才萌生出留恋。

朝露轩大人开口道："那个，坐在那里的那个座头很会弹三味线呢，恳请夫人准许，让他为大家弹唱一曲吧！"

听他说完，大人便马上发了话："弥市，别客气，来吧！"

既然如此，我还有什么好推辞的？其实我也正有弹唱一曲的想法，于是速速拿起三味线。"因为你啊，我的泪眼常潸然——"我唱起了之前提过的隆达小歌。

"哎呀，弹得真是一如既往的好，那么我也用三味线来奏一曲吧！"朝露轩大人说着便将三味线取到身前，唱了起来——

滋贺的湖畔，

没有潮水起。

脸颊上的酒窝，

好似十五夜的月。

我听着这歌，心想真是有趣的歌词，然而听着听着，我发现曲中多处都加入了很长的间奏。在这些间奏中，朝露轩大人演奏出的琴音音色也煞为动听，但有一点让我忽然颇为在意——其中反复出现了两次很奇怪的弹法。这里我要先给大家讲讲弹奏三味线的座头都非常了解的事：所有的三味线都是一根琴弦上有十六个指位，三根线总共便有四十八个指位。初学者刚开始练习时，都会将四十八个指位分别对应上"伊吕波"①的四十八个音作为标记，以便于记忆，但凡是学习过三味线的人都知道这种方法。特别是盲法师们，因为眼睛看不见，只能将这些标记都背下来，一说"い"，就要想起"い"的音，说到"ろ"，就要马上想起"ろ"对应的音。因此，座头之间若想在明眼人面前传些秘密，就会将想说的字词借三味线的琴音弹奏出来，以此互通心思。而方才那段奇怪的间奏，在我听来就成了这样的秘语——

有赏哦。

可有方法救夫人？

这难道是我的错觉吗？为什么这时候会有人说这话？

---

① 指将日语假名排列次序的方法。取自日本平安时代的《伊吕波歌》开头的三个字"いろは"，这首诗歌的特点是包含了所有日语假名，共计48个。

如果不是我听错，那就是琴音的偶然组合，碰巧汇成了那样的语句……就在我反复回想那段旋律时，朝露轩大人又唱了起来——

> 如何是好啊?
> 我走的大路上,
> 有位守关人。
> 他一次又一次,
> 不让我过去。

这首歌的三味线弹法又与之前的完全不同，看来那些奇怪的音果然是被有意添加进间奏中的。啊，这么说来，朝露轩大人是敌军派来的间谍吗？又或者是最近突然开始通敌的吗？不管怎样，他是遵从秀吉公的命令，打算把夫人交给敌人吧！

没想到在这样意想不到的地方，出现了意想不到的救兵，秀吉公到底是还没有放弃夫人，他的心意竟如此深沉……思及此处，我心中忽然激动起来，就在这时——

"弥市，现在请你再弹一曲。"朝露轩大人说着，又将三味线放回到我面前。

我不明白的是，他为什么要如此信赖我这个盲和尚呢？说来羞赧，只要是为了夫人，赴汤蹈火我都在所不惜，但这种心思是何时被朝露轩大人看破的呢？不过话说回来，虽然我眼睛看不见，但夫人身边的众多侍奉者之中，毕竟只有我一个男人。而且城中大大小小的众多房间，甚至走廊的各个角落，我也比明眼人记得更清楚。倘若真出了事，恐怕我逃得比那老鼠更轻松。这么看来，朝露轩大人还真是思虑周到，我之所以一直活到今天，不就是为了派上这样的用场吗？既是这样，我定要竭尽所能拯救夫人，若是不成，就追随夫人一起葬身火海，化作青烟。我迅速暗自下定决心，顾不得其他，先把三味线抱进怀中，唱了起来——

　　　　请你看看吧，
　　　　要让你知道。
　　　　我的心，
　　　　和那衣袖的颜色。

　　与此同时，我颤抖着指尖，按动琴弦，同样假托间奏，借着"伊吕波"的读音，回复了朝露轩大人——

　　　　以烟为信号，
　　　　请到天守阁下。

168

自然，在座的各位大人只会沉浸在我的歌声和琴音中，绝不会知道我们两人在弹奏中交换了这样的信息。关于如何拯救夫人，我当时想到的一计是这样——大人夫妇将于今夜登上天守阁的五层，平静地完成自尽，因此那里早已准备好点火用的枯草。那么在他们自尽前，我可以看准时机，先点起火，之后趁乱将朝露轩大人的人放入，数人合力，应该可以将夫人和大人分开，这便是我的计策。

　　话虽如此，我这个人啊，其实不单眼睛看不见，还生来就是个胆小鬼，无论如何都做不出欺骗别人的事，袒护敌军的间谍，放火烧城，救出夫人，光是在心里想想这些企图，我都觉得可怕。但这也确实是我真心想救夫人的一念，总之，我是出于对夫人的忠义之心才有此决断。

　　酒宴仍在继续，大家依依惜别，不忍散场。

　　初夏时节的黎明来得早，远处寺庙里的晨钟已回荡四方，庭院里的杜鹃鸟也开始鸣叫。夫人捻张纸置于面前，写下了一首和歌——

　　　　夏夜短促不成眠，

　　　　杜鹃悲啼催离别。

　　之后，柴田大人也写下了一首——

夏夜如梦身后名，

山鸣杜鹃彻青云。

最后，文荷斋大人为众人吟咏了这两首和歌，又说："我再来吟一首——"

一朝效忠终无悔，

此世来生长随君。

着实是极尽风雅的词句。这之后在场的人都退到了守候室，为最后的切腹做准备，侍女们和我则跟随在大人和夫人身后，终于准备登上天守阁。

原本我们被要求只能跟到四层，只有公主们和文荷斋大人被一起带到五层，我知道现在正是关键时刻，于是偷偷攀上梯子，站在快到五层的地方，屏住气息，将上面的情形全部悄悄听进耳中。

"文荷，把那边都打开。"

大人先开了口，文荷斋大人便将四面的窗子一个不落地全部大敞开。

"啊，这风真舒服！"

大人端坐在晨风拂入的房间中，说道："咱们一家人再喝一次离别酒吧？"

随后让文荷斋大人为大家斟酒，再一次跟夫人还有公主们端起了酒杯，一饮而尽之后，大人又唤起了夫人的名字："阿市，至今为止的这些事都让你费心了，我非常高兴。若知道会有今日，去年秋天我定不会跟你缔结婚约，不过事到如今再说这话也已无用。所以啊，我曾决意无论境遇如何变化都要跟你在一起，但是我也时常细思，你是总见院大人的妹妹，公主们又都是已故备前守的遗孤，所以让你们活着才是正道。赴死武士不该带上女人和孩子，我若在这儿杀了你，世间众生也许会说胜家只管自己意气用事，不顾礼义人情。所以啊，你听明白这道理，就请出城去。你或许觉得突然，但这是我深思熟虑后的决定。"

大人的这番话真是出乎我的意料，他心中定然是痛苦万分吧，然而他的声音没有丝毫阴沉之感，也不带迟疑，不愧是位刚强的大将。听过大人的话，我在心中想：啊，太可惜了。人们常说拥有仁慈之心才是真正的武士，我却连大人是这样的武将都不知道，还暗自憎恨他，我的本性才真是低劣卑鄙。我的眼眶中不禁涌出感激的泪水，情不自禁地双手合十，向着大人说话的方向拜谢。

这时，只听夫人说："时至今日，你竟然说出这种话……"

171

然而她话未说完，就先哭了起来，"即便是总见院大人在世时，一旦外嫁，我也知道自己就不再是织田家的人。更何况现如今我没有兄弟可依靠，如果你再将我抛弃，哪里还有我的容身之处？过去我该死的时候却没能死，也许当时我选择了却此生才是正确的吧，那之后我时常暗自感慨。自从去年出嫁后，我就下定决心，这次无论如何都不再与夫君分离。虽然我们不能白首到老，但现在可以夫妻共同赴死，百年好合是一生，半年欢好亦是一生，唯有让我独自离去才是最伤人的话，还请您让我留下来吧！"

夫人说出这番话的时候，似乎总在抬起袖子拭去泪水，话语听着不甚连贯。

"但是，你不可怜这三个孩子吗？她们都死了的话，浅井家的血脉也将断绝，这岂不是对已故备前守不尽道义吗？"大人如此反对道。

"原来您为浅井家考虑得这样周全。"夫人说着，哭得更厉害了，"还是让我陪您一同上路吧，承蒙厚意，只让这些孩子活下去便好，让她们还能为父亲祈祷冥福，往后也能为我祭奠。"

听到这些话，茶茶公主开了口："不要不要，母亲大人，让我也随您一起吧！"

随后初公主和小督公主也都嚷着："还有我，还有我！"

并从旁缠上母亲，母女四人抱作一团，不禁一起哭了起来。

回想起来，当年作别小谷城时，公主们尚且年幼，还搞不清自己的处境，而现在连最小的小督公主也已经超过十岁，再不是能靠哄靠劝平息情绪的年纪了。就连向来隐忍的夫人，也被心爱公主们的眼泪惹得不安地哭了起来，说实话，这十年来，我还从未见过夫人像今天这样慌乱无措。

然而时间一点点流逝，我正想着楼上的情形要如何收场时，只听得文荷斋大人跪着凑上前去："公主们，不能再恋恋不舍了。"他像在斥责一般，硬插到夫人跟公主们中间，"好了，好了，你们这样太让母亲大人为难了。"最终强行将她们母女分了开来。

我一直仔细听着楼上的情况，大人虽然始终没再开口，但很清楚已经不能再等，他抽出一把堆在梯子下边的枯草，将油灯的火移了上去。

与此同时，四层房间里的侍女们已换好临终的装束，正在一起念佛，没有一个人注意到火已被点燃。趁此时机，我把四处堆放的枯草全部点燃，又将燃着的枯草随意扔向纸拉窗、拉门，更故意被浓烟呛着，开始向下边的人大喊："着火了，着火了！"

因为枯草特别干燥，再加上五层的窗户被全部打开，风从下面不停往上吹，各种物件被烧得噼里啪啦的干裂声大得吓

173

人，不知逃向何处的侍女们的呻吟声和悲鸣声，混杂着嗖嗖作响的火焰的呼吸声，一起传到我的耳畔。

"哎呀，大人那儿有危险！"

"小心！有叛徒！"

浓烟之下响起杂乱的呼喊声，我听见有很多人正向楼上跑来。片刻后，朝露轩大人一伙和抵挡他们的人开始在火海中混战，两边似乎在争着攀上通往五层的狭窄阶梯。在混乱的人群中，我被推挤得左冲右撞。就在这时，灼热的风忽然将残余的火焰挑起一波又一波，让人渐渐无法喘息。如果终有一死，我只愿能跟夫人死在同一片火海中，此时此刻身处焦热地狱痛苦深渊的我，一心一意地如此下定决心，又将双手伸向了通往五层的梯子。

"弥市，快带她下去！"

也不知是谁在对我说话，还忽然将一位公主托付到了我的肩上。

"公主、公主，你们的母亲大人怎么样了？"

我立刻向肩上的公主发问，但与此同时，也马上知道了我背上背着的正是茶茶公主。

"公主、公主！"

我继续呼唤着，但茶茶公主已经在浓烟中失去了意识，始终没有回应我。刚才把公主交给我的那位武士，为什么不自己救下她，而是托付给我这个盲人呢？大概他一心想着要追随在主公身后尽忠守义吧，看来他早已笃定此处就是他的战死之地。这样一来，我也没有背弃夫人逃走的道理。我心里虽这么想，但是如果不救下这孩子，定会招致她母亲的怨恨吧！

"弥市，你把我心爱的女儿扔到哪里去了？"到了那边的世界，夫人若如此怪罪下来，我也无从辩解。在这等紧要关头，茶茶公主会落到我的背上，想必也是种难得的因缘。而且更重要的是，当我伸出双手，将全身无力地躺在我背后的茶茶公主的臀部稳稳托起的刹那，那副身体的娇柔之态，简直和年轻时的夫人一模一样，一种不可思议的亲切感涌上心头。

如果继续彷徨犹豫，被烧死的紧迫情形就近在眼前，然而我为何会有以上那般思虑呢？人原来真的会在意想不到的时刻，产生意想不到的想法。说来很是难为情，也着实惶恐，啊，没错啊，回想我进小谷城当差，第一次给夫人做按摩治疗时，她的那一双手和脚，都和此刻的茶茶公主一样年轻紧致，看来即便是如夫人那般的美人，也终究敌不过岁月。想到此处时，当年在小谷城的美好回忆也如丝如缕地一一浮现脑海。不，不只如此，当我的整个背部感受着茶茶公主温柔的重量时，好像连我自己都回到了十年前的年轻模样。这样说可能略显卑劣，我想着如果以后能侍奉在公主身边，或许会跟一直以来守候在夫人身边一样。这种想象，让我忽然对这人世间又涌出一丝留恋。

以上这番思绪，细细说来难免显得冗长，但事实上它们不过是发生在短暂的瞬间。我一旦下定求生的决心，便迅速穿过浓烟，一路大喊着："我背着公主呢，请让让路！"好在我是个盲人，便也丝毫不必客气地推开又踏过人们的脑袋，拼了命地顺着阶梯跑了下去。

然而忙着逃的可不止我一个，大家穿过纷飞的火星，蜂拥着匆匆向外跑，我挤在人群中，背后被用力地推推搡搡着，也一起抓紧迈开步伐。就在我刚刚越过护城河上的桥时，一阵吱吱嘎嘎的可怕巨响涌来，毫无疑问，那是天守阁的五层被烧毁塌落的声音。

"是天守阁塌了吧？"我自言自语道。

"没错，火柱冲天呢，肯定是炸药被点着了。"跑过我身旁的人如此回答。

我便接着问他："夫人和其他的公主情况如何？"

"公主们都安然无事，只是夫人……可惜了。"

关于夫人临终的细节我到后来才得知，当时跟此人一起往外跑时，我听闻了不少事——方才朝露轩大人冲上天守阁五层时，文荷斋大人即刻识破了他的计谋，等不及问他上来作甚，就将其快刀斩死，踢落高梯。朝露轩的同伴们见状，气势大挫，此时增援文荷斋的家臣们也陆续赶来，最终他们没能抢走夫人，还大多落得被砍倒烧死的下场。当时，三位公主仍在紧紧搂着她们的母亲，文荷斋大人催着她们走："快快！救下这些公主，把他们送到敌军阵营才是最大的忠义。"说完就把公主们推向人群，在场的众人便逐个抱起公主，跑了出去。

"看来柴田大人和夫人已经在火中自戕了吧，不过我并没有看到最后。"我旁边的人如是说。

我问："那其他的公主现在在哪儿呢？"

"被咱们的同伴背着，刚刚应该已经从这条路逃出去了。你背上的茶茶公主最固执，一直攥着夫人的衣袖不放，最后还是被人硬给抱走，不知托到了谁的背上，然后那人又把公主交给你，自己返回到了大火中。真是个让人佩服的家伙啊！不过那人似乎不是跟咱们一道的。"那人答道。

我想着他口中的"跟咱们一道"到底是什么意思，想来应该是上方军为了带走夫人，早已悄悄潜伏到天守阁附近，等待着朝露轩大人发出行动信号。现在络绎不绝往外逃跑的这些人，难道都是叛逃者吗？若非如此，便都是上方军那边的人。

"不过筑前守大人好不容易打赢了仗，他想得到的阿市夫人却死了，终是一场空啊。朝露轩大人也失败了，你的下场怕是好不到哪儿去，估计是活不成了啊。不过你带着这位公主，应该多少会给你点面子留你条命，我就打算一直跟着你啦！"

那人一边对我说，一边紧紧拽着我的胳膊，我早就跑得疲累，但还是得喘着粗气继续拼命跑。所幸，不多久敌军安排好的步兵大将就驾着车来迎接，我二话不说先把公主放上了车。

"座头，是你把公主带出来的啊？"来人问我。

"是的。"

我把事情原委一五一十地说明后，那人对我说："好好，你也一起上车吧！"之后带着我们穿过数个阵营，一起往本营去了。

茶茶公主的心情总算平复，醒后休息了一段时间，又接受过治疗后，便马上被秀吉公召见，另外两位公主也被一同叫了去。想来有幸，连我都被唤去面见，候在房间外的木地板上，我毕恭毕敬地跪拜着。

"喂，和尚，还记得我的声音吗？"

秀吉公的询问声忽然传来，我即刻回道："不揣冒昧，在下记得清楚。"

"是嘛，真是好久不见了，"秀吉公接着说，"没想到你眼睛看不见，今天还能立下这等大功，真是奇妙啊！我得给你些奖赏，有什么想要的尽管说。"

事情进展得意外顺利，我倒感觉好似在梦中。

"承蒙尊意，不胜感激，我离开多年有恩于我的夫人，恬不知耻地跑到这里，我这等该罚之身，哪里有受赏的资格。方才我回想起今早夫人走时的情景，心里百感交集。您若问在下的心愿，我只希望能像至今为止一样，承蒙大人们的怜悯，如果能让我继续侍奉在公主们身边，就是在下的无上幸福。"我向秀吉公回话道。

"你这要求很合理，我答应了。"秀吉公当即同意了我的请求。

"小谷夫人真是可惜了，不过从今往后，我会代替公主们的母亲，照顾她们的生活。不过话说回来，三位公主都长大了许多啊，从前我抱在膝上，跟我淘气的那个，应该是茶茶公主吧？"秀吉公说着这话，还高兴地笑了起来。

如此一来，我幸而不必流落街头，可以继续侍奉在公主们身边。但是说心里话，我的一生，早已在这个时候——天正十一年四月二十四日，夫人离世的这一天，一并结束了。像在小谷城还有清洲城时那般快乐的日子，从今往后便再也没有了。

我之所以这么说，是因为我在天守阁放火，又给叛徒引路的事，看来已经被公主们听闻。她们日渐对我憎恶起来，我亦能感觉到她们对我的疏远冷淡，尤其是茶茶公主。"就是这个座头，将死不足惜的人救了下来，还交到双亲仇敌的手中。"她时而会这样故意大声地挖苦我，这让我即使待在公主身边，也感觉如坐针毡。早知如此，当时在天守阁我为何不一死了之？我也只能感叹自己这无依无靠的可怜身世。

原本这就是我做错事该遭受的惩罚，没有该去怨恨任何人的道理，然而当时该死时没死，事到如今再追随夫人而去的话，我哪儿还有去见夫人的颜面，也只能默默承受着身边众人的厌恶，忍辱偷生。而在此期间，按摩治疗也好，弹琴唱曲也好，全被吩咐到了其他下人那里，我已经完完全全成了个无用之人。

那个时候，公主们被送去了安土城，只因有秀吉公的吩咐，她们才又不情不愿地使唤使唤我。知道实情还要去勉强仰仗大人们的慈悲，我心里也痛苦不堪，已经到了再难忍受的地步。于是终于在某一日，我不辞而别，逃也似的跑出了城，开始了漫无目的的流浪。

那一年，我三十二岁。

其实那时候，我若是上京都去拜见太阁殿下，说明事情原委，怕是一辈子都不必再为生计所困，但是我下定决心要以有罪之身承受这份报应，湮没无闻，了此残生。后来我便辗转在各地的驿馆客栈中，靠给老爷们按摩谋生。旅途寂寞时，我就靠弹琴唱曲的粗劣技艺来排遣一二。如此过了三十几年，冷眼旁观世事变迁，不幸的是我却还没有死去。

说起来，那个时候茶茶公主曾那样憎恨太阁殿下，甚至称他是"双亲的仇敌"，不久后却委身于这位仇人，还受封了淀的城池。其实自北之庄城陷落的那天起，我就想过，总有一天会变成这样。

那时秀吉公没能成功夺走阿市夫人，据说脸色非常不好，但是我到他面前拜见时，却跟想象中不同，他不但丝毫没有流露出落寞的样子，反而对我说了那番让人感激的话语。恐怕这都是因为目睹了茶茶公主的芳容，才突然变了心思吧。

也就是说那时秀吉公心中所想，跟我在大火中的那番感受并无二致，看来英雄豪杰的内心，原来终究是跟凡夫俗子没什么不同。只是我因为一念之差，就落入一生都无法侍奉在公主身边的境地，但太阁殿下不仅打败了公主的父亲，害死了她的母亲，甚至还曾将她的弟弟串刺至死，却在不知不觉间，已将那位公主占为己有。这场从母亲到女儿、绵延两代的思恋，让秀吉公自小谷城时期就藏在心底的情愫，终于得到报偿。

秀吉公在前世到底种下了何种因缘呢，竟总是看上和信长公有血缘关系的人。据说他还一直觊觎蒲生飞驒守①大人的夫人，这位夫人是总见院大人的女儿，小谷夫人的外甥女，据说两人容貌还有些相似，大概也是因为这样，秀吉公才会对她心生好感吧。我还从传闻中得知，当年飞驒守大人逝世后，秀吉公曾派使者去见他的遗孀，代为传达心意，然而那位夫人不但完全无意接受，还哀叹不已，甚至落发为尼，据说蒲生家的领

---

① 指蒲生氏乡，战国时期智勇双全的名将之一，先后侍奉过织田信长、丰臣秀吉，娶织田冬姬为妻，是信长的女婿。

地转封至宇都宫，也是受此事影响。

再说回茶茶公主，随着年岁增长，她的想法也日渐成熟，开始屈从于太阁殿下的威势，这既是受时代时势影响，也多半是为了自己。当我听说被唤作淀殿的夫人就是浅井大人的长公主时，心里不知有多高兴。母亲生前一直忍受辛劳，而现如今，富贵荣华的春天终于降临到她的女儿身上，我只愿茶茶公主不会再经历她母亲那样的遭遇，就算余生要一直漂泊，我的心也始终侍奉在公主身边。我在心底如此反复祈祷，不久就听说公主诞下了小公子。如此一来，公主将来的命运将顺遂万万岁吧，我也终于放下了心。

正如各位老爷所知，庆长三年的秋天，太阁殿下逝世，不久后关原之战开始，世间形势随之渐渐变化，看着厄运一天一天降临，茶茶公主心中是何种感受呢？看来她嫁给自己双亲的仇人，违背了亡故母亲的意愿，终是遭受了不孝的惩罚吧！母亲和女儿两代人都在城中自戕而终，想来还真是不可思议的命运轮回。

这么说来，如果我一直侍奉在公主身边直到大坂之战来临，虽说派不上什么大用场，但至少可以像当年在小谷城中抚慰夫人那样，尽我所能讨公主欢心，这一次我也定会一同赴黄泉，那样的话就能向阿市夫人好好赔罪了吧。那段时间我总在心里痛恨自己的不幸，成日里只能耳边听着枪声，心中焦躁不安。

话说回来，片桐市正大人在攻城时，竟然转投关东军，向着秀吉公和淀殿的宫殿开炮，又是出于何因呢？那位大人当年在志津岳的战斗中，被誉为七本枪之一，从那时起他就被秀吉公提拔，照理说应该是蒙受了非同一般的恩惠。据世间传闻所说，太阁殿下临终之际，这位片桐大人还被唤到枕边。

"秀赖就拜托你了。"秀吉公将自己的儿子托付给他，还仔细地叮嘱了许多。像我们这样的人，若是被他人那般诚挚托付的话，定然知道要将道义坚持到底，但是那位片桐大人，这话我不敢大声说，他竟然屈从于权现大人①的威势，完全忘了丰臣家的大恩，表面装出忠义，暗地里却与关东军勾结。不不，不管别人如何申辩，事实就是如此。

或许有人还想为他找借口，说市正大人的苦心值得称赞，但是既然他担任了敌军的炮手，不管有没有这事，竟然向主公的公子和夫人居住的地方发射大炮，这种人岂能算是忠臣？即便是我这种被世间遗弃的盲眼按摩师都懂得这些道理。因此，那个时候我对市正大人恨之入骨，如果我的眼睛能看见，定会潜入军营，将他一刀了结，我心中的恨意就是到了这种地步。

若说到恨，在关原之战中，京极宰相大人在大津城背叛

---

① 指德川家康，他死后被日本朝廷赐封了"东照大权现"的神号，供奉于东照宫中。"权现"是佛教用语，指佛菩萨为普度众生而显现化身。

西军的所作所为，也让人十分气愤。这位大人跟初公主定下婚约，却在上方军攻来前，逃出了北之庄城，打算去投靠若狭的武田家，然而不久后武田大人也被歼灭，京极高次公便成了三界无家的一棵无根之树，只能四处徘徊。后来好不容易道了歉，又能回归大名阵营，想来也是因为借了谁的光。原是武田大人之妻的松之丸殿①，似乎帮京极高次公说了好话，不过更大的可能是因为他跟淀殿有亲缘关系吧。他先是投靠了小谷夫人，后又去讨她孩子的同情，人生中的两次危机都被拯救。然而多年后，他忘了流落大雪中被救的往昔，在紧要关头叛变，打乱了大坂军的步调，着实让人无法容忍。

唉，不过事到如今，再说这些也于事无补。若是一一列举，遗憾之事，憎恶之事，实在是数不胜数。然而，宰相大人、市正大人早已去了那个世界，就连权现大人也已不在人世，现在回首，那过往种种不过恍若梦一场。

如今想来，那些出色的大人都已离去，而我还要一直衰老苟活到何时呢？自遥远的元龟、天正年间到现在，我在这人世间已经走了这么久，除了祈求来生，我早已别无所求，只是想把这一生的故事再说给谁听听。没错，就是以上这番故事。

---

① 即京极龙子，京极高次的姐姐，原本是若狭守护武田元明的夫人，因元明在本能寺之变时属于明智光秀方，遭羽柴秀吉讨伐后自杀身亡。后来龙子成为秀吉的侧室，备受恩宠，因被安排住在伏见城的松之丸，故被称为"松之丸殿"。这里指本能寺之变后，身负附逆罪名的京极高次能被赦免，还获封近江要冲大津城主，大约是受松之丸殿影响。

您问阿市夫人的声音如今是否还留在我的耳中？答案已不必再说吧，她曾经说过的一字一句，还有她弹起琴时演唱的歌声等，她那明快的声线中不乏圆润水灵之感，就好像是黄莺清亮的音色与鸽子含蓄啼声的合二为一，堪称美妙无双。茶茶公主的声音跟夫人的颇像，以至于她身边的人都会常常听错。如此一来，我也就明白太阁殿下对淀殿有何等宠爱。

太阁殿下的伟大之处，想必大家都已熟知，但早早就察觉出这位大人深藏的心思的人，说来惶恐，我想唯有我一人。啊，一想到我竟然洞察过那样伟大人物的内心，还曾背过那位右大臣秀赖公的母上——淀殿，我在这世上还有何等留恋呢？

抱歉了，各位老爷，我的故事已经讲完。不过是些无趣冗长的昔日絮语，感谢各位能一直听到现在。

我家中虽有妻室，但我对女人孩子都不曾详细讲过这些往事。还请大家尽量将我这位可怜盲和尚的故事记下来，若能成为后世代代的闲时话题，在下便是感激不尽。

好了，就让我说到这儿吧。趁夜色未深，还请让我为您按一按腰吧！

后　记

　　以上《盲目物语》虽为后人所作，但故事由来并非毫无根据。三位中将忠吉卿[①]领地清洲内，朝日村柿屋喜左卫门根据祖父口述所著的《祖父物语》，又名《朝日物语》中有记载："太阁殿下与柴田修理亮相互争夺，较量威势。此外，信长公的妹妹阿市夫人，是淀殿的母上，近江国浅井氏之妻，被誉为天下第一美人。曾获太阁殿下倾慕，柴田前往岐阜城，托三七大人做媒，迎娶阿市夫人为妻。太阁殿下闻讯，为阻止柴田回到越前，出兵近江国长滨云云。"此外还说："柴田据守北之庄城，太阁殿下派一僧人做使者，说既为同辈，且留一命云云，其实是想夺过阿市夫人。关于此事，众说纷纭。"

　　《佐久间军记》（佐久间常关所著）中，'在"胜家婚礼"一条中有记："柴田胜家娶浅井长政的遗孀为妻，携其女三人一起

---

① 指德川家康四子松平忠吉，曾任从三位权中将。关原之战胜后，获封为尾张国清洲城主。

回到越前国。秀吉曾派使者去拜见胜家公，说会在他们归国途中，派秀胜（信长公四子，秀吉公养子）设宴祝贺，胜家公欣然应允。然而胜家公的家臣从北之庄城出发，前往清洲迎接，胜家公半夜出清洲，告知秀胜越前有急事，要连夜赶回，无法出席宴请云云。"

关于志津岳之战，据小须贺九兵卫所说，清洲会议于安土城中举行，当时"双方意见分歧，柴田大人与太阁殿下都对彼此含怒。那时丹羽长秀和太阁殿下于一处横卧休息，长秀悄悄以足相抵，提醒太阁殿下小心危险，太阁殿下会意，当晚就返回了大坂云云"。《佐久间军记》中写到"秀吉当夜屡次外出小便"，但是以上这些事在《甫庵太阁记》等史书中并无记载，真实性无从考证。

蒲生氏乡未亡人之墓位于京都百万遍智恩寺内，她于宽永十八年五月九日在京都病逝，享年八十一岁，法名相应院殿月桂凉心英誉清熏大禅定尼。秀吉公知道这位未亡人容颜秀丽，因此氏乡死后，欲将其迎娶为妾。然而这位未亡人不从，由此蒲生家从会津百万石，被降为宇都宫十八万石。此事详情可见《氏乡记近江日野町志》。

据一般说法，三味线是在永禄年间由琉球传入日本，但是配合小曲弹奏则是从宽永年间开始。据高野辰之博士的《日本歌谣史》中记载，其实在天文年间，三味线已在艺伎中流传。

从《室町殿日记》中可知，风流之辈早已在流行歌谣中使用三味线伴奏。《日本歌谣史》中亦有提及，如本故事中的盲人也是这些风流之辈中的一位。我的三弦师傅菊原检校①是大阪出身，习得现今失传的古三味线组曲，其中有歌谣被记载在《闲吟集》中："木幡山路行至暮，草枕侧畔月色明。"长崎的圣母马利亚之歌及其他罕见歌词，我曾多有听闻。其歌词虽短，但会将相同的词句反复吟唱。此外，三味线的间奏比唱词部分要长数倍，听起来几乎像琵琶曲一样。

在指位处使用"伊吕波"做标记是起于何时，目前无据可考。听我的友人中精于此道的道柳子说，现在净琉璃中弹奏三味线依旧在使用这种方法。

昭和辛未年夏日
记于高野山千手院谷

---

① 指菊原琴治（1878—1944），大正、昭和时期的地方歌谣筝曲家。知名作品包括"菊原四物"组曲、《春琴抄》《秋风辞》等。谷崎润一郎深受其影响，建于大阪天王寺的"菊原琴治之碑"，碑文即由谷崎亲自撰写。